JN011697

有象無象《うぞうむぞう》

未了庵より
今を生きる人々へ

小林東五

春秋社

序　東五さんのこと

山川静夫

拙宅の自室に、ふたつの額が掛けられている。いずれも東五さんの揮毫によるものだ。そのひとつは「山川」、もうひとつは「出入大吉」で、私にとっては東五さんとの絆《きずな》であり、かけがえのない座右の銘として定着している。

そのいきさつは、こうだ。ある時、私にちょっとした慶事があって、東五さんから、

「お祝いに、何か欲しいものがありますか」

と聞かれ、即答した。

「甘えさせていただいていいですか。東五さんに私の名字〝山川〟と書いてほしいのです」

かねてから私は、人生は山あり川ありで、禍福はあざなえる縄の如く交互にやってくるから、その心得として東五さんにお願いしたのである。

すると間もなく、横長の二メートルもある、立派な額装の「山川」が届けられた。添え書きに〝金冬心筆意〟とある。名筆家金冬心《きんとうしん》のおもむきである。それはともかく、この額が特効薬となって、良い時も、悪い時も、平常心でいられるようになった。

また、ある年の東五さんからの年賀状に、「出入大吉」と書かれていたのが気に入って額に納めた。人間は、生まれて死ぬ、入学して卒業する、就職して停年、金銭の収支、そして呼吸、……あれこれ考えてみると、この世はすべて「出入」に依って成り立っていて、出入のバランスがとれていれば「大吉」なのだ。これも、かけがえのない金言だった。

このふたつの東五さんの書は、常に私の眼中に入ってきて、難題ながら「自然体の人間性をめざせ」と教えてくれる。

そうだ、東五さんはすべてに自然体なのだ。切れ味の鋭い発言、すがすがしい陶磁、味わい深い漢詩、すべてさりげない自然体で、本当にあやかりたい。

初めてお会いした時の東五さんの印象は、実に強烈で、「不思議な人だな」と思ったが、二度、三度と、お付き合いが深まるにつれ、まるで麻薬のような、魅《ひ》きつけて離さない引力を感じるようになった。今度の随筆集だけでも、誰もが「深いもの」を感じるだろう。

東五さんの魅力は、父親「雲道人」の影響が大きい。ある時、雲道人はこう言った。

「東五や。ひとり千古に遡《さかのぼ》れば一人や二人は、これぞと思うお方がいらっしゃるはずである。そのお方を清標として生きてゆけ」

東五さんの「これぞと思う人」は、まぎれもなく、父親の雲道人なのである。私は、この父子に限りない畏敬の念を持つ。

（エッセイスト、元ＮＨＫアナウンサー）

有象無象のはじめに

中国漢代に未央宮《びおうきゅう》という宮殿がありました。高祖劉邦が長安、今の西安の竜首原《りゅうしゅげん》に築いたものです。未央とは、「いまだ央《なかば》ならず」。未来、漢家はいよいよ繁栄するであろう、ということを意味します。

半生を對馬の地で過ごしておりましたが、齢八十五に垂《なん》んとして離島での生活に限界を感じ、決然として山水健やかな加賀の地に居を移しましたのは、一昨年末のことです。小さな庵を山ふところに卜《ぼく》し、「未了庵」と名づけました。そこで静かに老病を養おうと思っております。やがて終焉の時が必ずやって来る。私が終われば、「了庵」となります。呵呵。

本著の標題を「有象無象《うぞうむぞう》」としましたのは、本来「有象無象」とは、仏教の用語「有相無相」に由来します。目に見える姿かたちと目に見えないもの、全てを意味し、「一切」にも通ずる大きさを持ちますが、本著はどちらかといえば、雑多な、取るに足りないものの意に近い。終焉の時を迎えるまでの雑多な抄《ぬきがき》ということで題した次第です。

前著『游艸』（産経新聞出版）に続き、蕪雑な内容の本著でありますが、読後、何か一つでも感じとっていただければ望外の喜びに存じます。今の世の中に、こんな時代遅れのやつが生き残って、日夕漢詩を詠んでいたのかと驚かれるお方も少なくないでしょう。

しかし、日本にしか存在しない俳句文化にしても、もとをただせば漢詩が元胎となっております。譬えば芭蕉翁の俳句の中には、その痕跡がありありと見えており、換骨奪胎の至難さを感じさせる作も残っております。近代では、正岡子規の漢詩は、同時代の職業漢詩人とは異なった実力を発揮して群を抜いて存在し、友人夏目漱石と饗応して格調の高さを誇っております。

今や俳句は、最も大衆に愛される文学となっておりますが、ルーツを忘れてしまった俳句には、孤児の哀れを感じます。どうか皆さま、俳句を孤児にさせないでください。

この際、洋の東西を問わず、時間も空間も国境も越えた領域を、しばし逍遥されるのも一興かと思います。

乱《おわり》にのぞみ、序文として山川静夫氏に知己の言を頂戴しましたこと、茲《ここ》に深く感謝の意を表します。また跋文を賜りました碩儒馬彪先生に厚く御礼を申し述べます。
更に、出版に当たりまして甚大なる御尽力をいただきました春秋社・神田明社長、佐藤清靖元取締役はじめ社中の皆様、更に校閲・訳注を担当してくださいました窪田小桃女史、ありがとうございました。

令和四年二月吉日

未了庵　小林東五

有象無象——未了庵より今を生きる人々へ

目次

Ⅲ　漢　詩（五十二篇）…… 225

青井戸茶盌

有象無象——未了庵より今を生きる人々へ

I

終点ゆき

諸行無常、是生滅法《ぜしょうめっぽう》。人も生まれて、やがて死ぬ。何処にゆくのであろうか。あの世とやらにゆくというが、帰って来たと称する人たちの尤《もっと》もらしい話は、三途の渡し、閻魔大王、地獄、極楽浄土等々、それぞれ実見して来たかのように語られているが、概ねは教化のための方便か、それとも如何様師《いかさまし》のような輩《やから》の仕業ではなかろうか。真面《まとも》な人たちには問題にされないと思いきや、存外、古来より現在も立派に通用しているようだ。

先考雲道人が曽《かつ》て笑いながら話していた。

私の幼少の頃のこと。今では見かけなくなったが、当時の子どもたちには輪にした長い縄の中に五、六人が入って列になり、小走りする「電車ごっこ」という遊びがあった。「お前はよく、その遊びに加わって車掌役をやっていた。その時お前は『終点ゆき、終点ゆき』と得意げに叫んでいた」と言うのである。

「その通り。間違いなくすべては終点ゆきで、誰が聞いても納得のいくところ」だ、と。

「東五よ。人生という路線には停まったり進んだりする途中の駅は数あるが、終点はその線に一つしかないのだ。行き着くところは終点なのだ。その間、移りゆく風景を楽しむことだ」

前途の長かろう私に、励ましの意《こころ》をこめて諭してくれた遠い日を憶う。

聚楽第

豊臣秀吉が天下を取って栄華を極めた頃のこと。都に聚楽第《じゅらくだい》なる城のような大廈《たいか》の建築に着手した。

その現場の進捗を秀吉が見に行った折、一人の大工が、壁を塗ってしまったら隠れる柱の面に、墨付け用の竹筆で「驕る平家は久しからず」と書いた。ふと後ろをふり返ると、そこには秀吉が供を連れて立っていた。

大工は、大変なところを見られた、と観念していると、秀吉は大工の筆をとり上げ、「驕らざる平家も久しからず」と書いて、大工を咎めることなく、その場を立ち去ったとか。そんな話を子供の頃に聞いた記憶がある。

実にきわどい話ではないか。そして多面性を持った秀吉の質性の一角を覗いたような思いがするのだ。古人は「王者に祟りなし」、つまり王道には祟りがないと言い切っている。その点、秀吉も王者の如く振る舞ったが、晩年、亡霊に悩み苦しんだと聞く。

そんなことを思う時、人間秀吉が偲ばれる。

釜山駅頭

五十余年前、李朝陶磁の元胎を探る旅をしていた頃、朴政権下における復興には目覚ましいものがあった。

しかし釜山駅周辺から市街のいたるところで戦災孤児が道ゆく人に小銭を乞うていた。大人も子どもも渾《すべ》ての人達が必死に生きていた時代だった。

そのただ中、釜山駅頭で現実とは思われぬ光景に遭遇した。

京釜線のホームにソウル行きの列車が入ってくると、先を争う乗客で混雑をきわめていたのだが、その人混みの下方に蠢《うごめ》く物体があった。それは、人だった。

瞬時、眼を疑ったが、両脚のない人で、自動車のタイヤを切って二つに折ったものを腰部に紐で括りつけて木箱を背負っていた。列車の段差を蠕動《ぜんどう》する虫のように這い上がってゆくではないか。

韓国の駅はプラットホームがなく、地面から直接昇るので、体の不自由なこの人にとっては極めて困難なことで、しかも彼は木箱を持ってのことだ。

私もようやく車中の人となり指定席に腰を下ろした。列車名はセマール号と記憶する。

彼は発車までの時間に靴を磨くのが仕事であった。俯伏《うつぶせ》の姿勢で何人かの靴を磨き終える頃に発車を知らせるベルが鳴った。

その時、彼は急いで道具を箱に押し込んで昇降口まで這ってゆき、徐行している列車からホームめがけて毬が転がるように降りたのだった。

私は後部の席だったので、この一部始終を見て栗膚《りっぷ》を覚えたが、人は生きる気があれば如何なる困難も乗り越えられるものだということを教えられた。恰《あたか》も、これから異国で待ち受けるであろう幾多の試練など、ものの数ではないことを知らされたのであった。

孔子

荘子曰く、魯国《りょこく》を以てして儒者は一人のみ。多しと謂《い》うべけんや。

「かの孔子の生まれた魯国でさえ、本物の儒者はただ一人しかいなかった。決して多いとは言えない」と、荘子が言った。

魯国の哀公《あいこう》が胸をはって言った。「我が国には儒者が多い。なぜなら国中の者が儒服をまとっている」と。

荘子が哀公に進言した。「それなら試みに、儒者の服装をしている者は処刑するぞ、と布令を出したら」と。

すると、哀公の門前に儒服を着て立つ者がいた。

その人が孔子であった。


この話も、つくり話のようだが、孔子をよく讃えた一章ではある。

二番手

民族によって、考え方、行動が異なるのは当然のことだが、中には改めて考えさせられる重要な場面もある。

往昔、韓国の古老が語ってくれた話だが、李朝陶磁についての会話の中だったと思う。朝鮮民族は譬《たと》えば王宮より、これこれを造れと命令が下されたとする。一所懸命に造った製品ないし作品の中から一番手を除いて、二番手を納めるというのである。

日本の場合は大概、一番上手《じょうて》を恭《うやうや》しく献上するところだが、この違いは何処にその意味が潜んでいるかということである。

つまり前者の場合、これと同じ物を何個造れと命じられても、次回はその可能性は極めて少なく、結果的には刑罰を受けることになるからだそうな。物造りが奥に秘した自己保全のためなのだ。

この日本との相違を示された私は、今も底に流れる朝鮮民族の、一つの生き方を知ったのだった。

一切塔

母がある朝のこと、茶を喫しながら「東五や、頼みがある」というので聞いてみた。その頼みとは「墓を造ってくれ」との話だった。そこで私は「天地がその侭《まま》墳墓だと思えば、墓は屋下屋を架すようなものです」と答えてしまった。

「お前の言うことも解らないでもないが、私は普通の人間なので矢張り墓に入りたいのです」と小さな声で呟かれた。

先考雲道人も「墓など面倒くさいものは一切不用だ」と常々言っておられたし、私の育った家には墓らしいものは無い。そのような事情で、母としては将来何処に入ったらよいのか不安だったのであろう。無理もない、母は八十歳を越えていた。

そこで私は「一つの提案をしますので、それに賛同くださったらご希望の墓を建てましょう」と言った。

「過去、現在、未来、を問わず、生きとし生けるもの総ての『もの』たちが自由に入れる墓ならば造りましょう。無論、可愛い動物たちも、バチルス菌も、アメーバも害虫も全部含まれています。

塔の名は一切塔といたしましょう。一切とはあらゆるもの全部を指す意で、これほど大きな意味をもった文字は、他には見当たりません。お母さん、一切塔をこの際、建てましょう」と私は母に説いた。母の答えは意外にも「それはすばらしい考えです」と身を乗り出して欣然とされたのに、正直私は驚いた。

やがて一年を経過して一切塔が建った。

母は預金を惜しげもなく解約し、それに私の負担した分を加えて建立資金を準備した。恰《あたか》も弟が京都嵯峨天龍寺塔頭慈済院の住職をしていたので、一切塔の主旨を説明したら、これも亦《また》納得して慈済院墓苑中に建てることに決まった。

私が一切塔と書き、その裏に施主、母の法名「艸石」の名を刻んだ。この塔は出入自在で手続きも不用、費用も無料で誰でも入《はい》れるお墓である。あの世で墓がないと嘆いている方々をはじめ、総てのものたちの心の墓としてどうぞ自由にお入りください。

カルシウム（お骨）の入った壺なぞ持ち込みの造作もありません。手ぶらでどうぞ。

そして飽きるようなら、出《で》てお行きやす。

韓非子

『韓非子』とは、中国戦国末の紀元前三世紀頃、法家であった韓非の著作を主として、その一派の言論著書五十五篇を集成したもの。法術による富国強兵・君権確立が主体に説かれている。

韓非は秦の始皇帝に見出されたが、時の宰相李斯に妬まれて投獄され、竟《つい》には自殺したと録されている。

彼の主張したところは、際どい人間観察によって構築された処世術の究極を説く特異な古典であり、古来重要視されてきた。

例えば、「備内篇」という部に「人を信ずればすなわち制される」とある。誰も信ずるな、ということであり、眷族妻子は無論のこと、師、先輩も後輩も一切の周囲を含めて信ずるな、と説いている。

彼の論理は徹底して妥協を許さないもので、その証拠に、彼は自分で説いたその論理のとおりの運命をたどったことになる。韓非が功成り名を遂げて人生を全うしたら、それは彼の論理とちぐはぐな人間像となってしまったのではないだろうか。

『韓非子』の中には、吹き出すほど笑わせ、その後に深く考えさせられる話がたくさん載っている。

その一つ。

狂暴な男と隣り合って住む者が、不安に耐えかねて家を処分して引っ越しをしようとした。ある人が言った。

「あいつは腹いっぱい悪事を重ね、人に迷惑をかけた。遠からず天罰が下り地獄に落ちてゆくこと必定だから、安心しなさい」と止めようとした。対して、

「俺は、あやつが私を殺した時、罪業がいっぱいになるのが恐ろしいのだ」と引っ越しをしてしまった。

この話の示すところには、それぞれの受け止め方があるようだ。

子圉《しぎょ》という男が孔子を宋国の大臣に引き合わせた。その後、子圉は孔子をどのように思ったか問うた。

大臣は答えて「孔子に出会ってからは、お前さんが蚤《のみ》、虱《しらみ》のような小穢いものに見えてきた。私はやがて、孔子を我が君主に会わせようと考えている」と。

子圉は大臣に言った。「閣下が孔子を宋国の主君に会わせたら、主君もまた貴殿を蚤や

虱のように見ることでしょう」と。

大臣は竟に、孔子を宋国の主君に会わせることはなかった。


今度は孔子の弟子、曾子にまつわるお話。

曾子の妻が、今で言うスーパーマーケットに子ども連れで買い物に行った。子どもが急に泣き出した。

「帰ったら豚を殺して食べさせてあげるから、泣くのをおやめ」と言った。

それを知った曾子が早速、豚を屠殺しようとしたら、妻が慌てて引き留めて「これはこの子を咄嗟に宥《なだ》めようといったことです」と言うと、曾子は、

「子どもをごまかしてはいけない。子どもはまだ考える力が育っていないので、父母から教えられたことを自然に学ぶものである。父さん母さんが組んで子どもにウソをついたり、ごまかしたりしていたのでは、教育など到底望めない」と、豚を殺して食わせた。


こんな話が『韓非子』には数えきれないほどある。この章をご覧になり、何か感じたものがありましょうか。感性の豊かな方々には。

雲道人の繪

雲道人はデッサンを無視して胸中の山水を描いていた。

本人に言わせれば、

「デッサンは『枠』のようなものだ。デッサンはこれ以上踏み込むなと、初めより自らを規制してしまう。

そもそも大川山河が生まれた時点、デッサンなるものはなかったはずだ」

愚考するに、譬えば広沢《こうたく》に向かって石を投げたとする。波紋が次第に拡がって、やがて視界から消える。これは消えたのではなく見えなくなったのだ。

譬えば梵鐘を打つ。その響きは四方に散じ、やがて聞こえなくなる。響きが消えたのではなく聞こえなくなったのだ。

いわば、雲道人の山水画は前譬《ぜんし》の如くであり、先ず一山を描けば、そこには続く層々とした海嶽が生まれ、雲や木が現出する。そこには天籟《てんらい》の韻が踏まれている。

そして残った空間は見えなくとも続いている拡がりと考える。

それは破墨という墨の用い方による、一見不羈奔放《ふきほんぽう》な「我も亦知らず」の消息なのだ。

ある時、私は先考に質問をした。

「一生のうちで、これこそ繪だと思われる古人の一作がありますか」と。

先考は即斯《か》くの如く答えた。

「それは元末四大家の一人、倪瓚《げいさん》、号雲林描くところの『西冷禅室の図』の下方の水である。

それと南宋の梁楷《りょうかい》『六祖截竹図《りくそせっちくず》』であろう。

泰西ではレンブラントの素描の一群ということになる」と。

「気韻生動の世界は、俗士の及ぶところではない」と云って、この回答を締めくくった。

ちなみに、文化人類学の故金関丈夫《かなせきたけお》博士曰く、

「会うたびに不思議だと思うような、底の知れないものがあれば、それはたいした人にちがいない。雲道人の繪がそれで、その底をのぞき得た自信は、私にはない。わずかに解し得たところは、それがことごとく胸中の繪であって、自然は美人の形骸のように、相手にされていない」(『孤燈の夢』法政大学出版局)と。

かいらぎ

梅花皮《かいらぎ》とは陶磁の用語であるが、朝鮮井戸茶碗の高台に現れる形状で、ブツブツとした釉たまりが海の鮫の皮の表面に似ている。また韓国では、蛙の卵オタマジャクシに似ているので、ケグリアルと呼んでいる。つまり蛙の卵という意。

梅花皮は窯内、偶然の現象によって出るものの如くで、その正体は今に至って掴めぬまま、陶人は思考の渾《すべて》を操り回している。私もその一人であった。

曽て私は、胎土、釉、焼成の環境、焼成時間等、可能な限り試燔を重ねたが、いずれも期待に反した結果であった。

ところが或る日、弟を京《きょう》嵐山天龍寺に訪ねた時のこと、境内の放生池の蓮に、その啓示を受けたのであった。早朝、蓮の葉に溜まった露が、水玉となってコロコロ転がっているではないか。

私はこれだと合点した。

恰も釉が窯内で熔けて水玉のようになり、それが冷却されたものが梅花皮であることを知ったのだ。蓮葉の表面は小さな短い毛で覆われているため、その毛の上を水玉は転がる。井戸茶碗の場合、高台の削り痕《あと》の土のめくれ、ないし粉塵が、恰も蓮葉に於ける毛の代わりをしていることを突き止めたのである。

究明を怠らぬ心、念ずれば轉《うたた》近し。いつも目的に近づこうとすればそれだけ近くなる、という格言の通りである。

陶磁に携わっておられるお方ならば、これだけお話すれば後は、頷けるだけの結果が得られると思うのですが。

晩清の栄光

清朝最後の文人、呉昌碩《ごしょうせき》は天葩《てんぱ》の如く開いて散っていった。その業績は多大なものがある。

彼は生涯を通して篆刻を主体とし、詩、書、画を多く遺したが、中でも篆刻は他の追随を許さぬものがある。数ある先人の篆刻も、呉昌碩の前では昼間の蛍火のように見えてくる。

呉昌碩は、商・周・秦・漢の古風を消化して自家のものとなし、独自の境涯を打ち立てた。その遺業は今も愈々粲然と光芒を放ち、眩《まばゆ》いばかりだ。

彼の元胎は、石鼓文《せっこぶん》にあるようだ。生涯をかけて石鼓文を参究し、血となして燃える熱量は作品と化して、恰も怪物の如く牙を剥いて逼ってくるようだ。

生前親交のあった印人が、何かの席上で話した注目すべき談話が残っている。

ある人が「呉昌碩先生の蒐集された書画、文房四宝には贋物《にせもの》が多く混じっている」と指摘したところ、呉昌碩は平然と、

「贋物でも本物に勝るものがあり、本物でもダメなものはダメだ」と答えたそうだ。実に呉翁の豪快な生きざまを語っているではないか。

奥義

世に言うケチンボと称される人種がいる。

「お前のところに金づちがあったら貸してくれ」

「俺のうちには、あいにく金づちはないよ」

「それじゃ仕方ない。俺のうちのを使うか」

これに似た人を私は数人、知っている。


しかし殊《こと》に日本では、昔より倹約を美徳とする習いがある。ケチとケンヤクの見境《みさかい》がつかないところも時にあるので、よく見きわめることが必要であろう。

昔の人は貧困窮まった活計の表現として「爪に火をともす」と言ったが、これはケチ根性ではなく、いたし方なく耐え忍ぶ姿であった。

それかと思うと守銭奴《しゅせんど》という人種もいる。守銭奴とは金銭を貯めることに異常な執着心を持っていて、少しの金も出し惜しみをする人をののしって言うのだが、こういう人も時に見かける。

ある事業家から聞いた感慨深い話だが、松下電器の創業者、松下幸之助さんを訪ねての談余、

「松下さんは現在、屈指の財界成功者であられるが、お金儲けの奥義は何でしょうか」と質問したところ、松下さんは「ザルで水をすくうようなものだよ」とおっしゃった。

「ザルで水をすくうとは、無駄骨のことですが」と重ねて問うと、

「ザルには僅少《いささか》の水が残る。それを勤勉に貯めることだ」とお答えになられた。けだし極限のお話ではあるまいか。

千里の道も一歩から。

餘香

東京から戦火を避けて疎開し、山口市の湯田温泉に一家が居を移したのは終戦三年前であった。湯田は古い温泉場として名高いが、静かな町であった。殊《こと》に、明治維新の志士たちの事蹟も多いところだ。

どうせ一億玉砕の運命を余儀なくされている日本、せめて温泉に浸かってその終焉の日を迎えようと、父が考えてのことらしい。

その頃、私は国民学校の二年生であった。湯田の郊外に当時、太刀洗《たちあらい》という名称の女子挺身隊の軍事工場があり、まだいたいけな子女が、今では考えられないが惨酷な武器生産に従事していた。

毎日夕暮れになると、百人を超える行列で温泉の千人湯を浴びに来る。むろん石鹸などあるはずもない窮乏の時代である。それぞれが洗い桶を持ち、三つ編みのおさげ髪をした少女たちであった。その一隊が寮を目指して帰る有様によく出くわしたものだった。

まだ幼い私の、あるべくもない官能が強烈な衝動を受けたのはその時だった。初めて知った女性の匂いである。私が女性の存在を意識した最初であった。
あの黒い洗い髪が漂わす香気は、魔性のように今も私の心の底に棲みついている。

黴菌さん

ある生物学者が話してくれたが、動物は胎内では無菌だそうだ。マウスかハムスターだったか忘れたが、その胎児を無菌装置の中に入れて育てると、その動物は本来の機能を発揮せず、全く無力な生物《いきもの》になってしまうのだとか。繁殖力、闘争心もなく、ただ生きているだけの生物になってしまうという。

この話を聞いて、なるほどと合点がいった。

人間の世界に置き換えても然りであろう。最近、世の子ども等は過保護が当たり前となり、少しの障害でへこたれてしまう。これはその親も同じような育てられ方をしたので、申し送りのようなものだ。幼い時から敢えて厳しい環境の中で錬えられた耐える力、窮乏の内にも豊かな喜びを感じる日々。

このような時代はもう過去のものとなった。そういえば、鮎釣りを趣味とする友人が、養殖の鮎では友釣りはできないと、言っていた。

つまり人の一生も黴菌《ばいきん》との戦いで、その反面の効果が文明を育てる原動力になったといっても過言ではあるまい。この数年、我々は新型コロナウイルスの脅威にさらされている。

だが、そもそも黴菌（ウイルス）は二十万年前の人類誕生よりはるか以前、三十億年前に地球上に誕生していた大先輩であり、人間を含む生物のゲノムの進化に、影響を与え続けてきたといわれる。

「お前ら、調子に乗るな。遠慮して生きろ。

原始の時代に戻ったと思って生きればいい。

こういう儚い世の中だから、喧嘩している場合ではないぞ。

仲良く慎ましく生きろ」と、大先輩である黴菌さんが我々を諭しているように思えてならない。

人類は自らの弱さをかみしめる時代を迎えた。一切が諸行無常であり、永遠の約束など無い。故に、仲良く慎ましく生きる。

大局の平和論ではないだろうか。

空海のにおい

年来、敬愛してやまぬ畏友濱本英輔さんは財務省官僚で、最後に国税庁長官を務められた方である。

濱本さんとの出会いは、ある人を介して私に会いたいと申し入れがあったことに始まる。濱本さんは当時、主計官をなさっておられた。対面冒頭のご質問を今でも記憶している。

「私は現在、主計官を任ぜられ、文部科学省と文化庁を担当していますが、最近どうしても納得のゆかないことがあります。それは一例を挙げれば、寺院や仏像の保存のことですが、悠久の時間の経過によって生み出された荘厳さ、剥落、褪色が醸す幽玄さを、人工的に凝固剤や薬品の処理法によって止めてしまうことに大きな矛盾を感じています。移ろってゆく時間の経過とともに生まれた枯淡さが、もうこれ以後は停止してしまうと思うと、惜しまれてなりません。

これらをどのように受け止めて整理したものでしょうか」と問いかけてこられた。

私は一息ついて「濱本さんが今の如く文化財に対する温かいお心を以て対処されることを望みます」とお答えした。濱本さんは「今までの答えの内で最も当を得ました」と莞爾《かんじ》とされた。

爾来三十余年、折ごとにお目にかかり、清斟を重ね語り合っている。数年前、『游艸』なる一冊の随筆と漢詩集を出した時、その一章の中、空海について言及した一文に、「空海には特別なにおいが感ぜられる」と書いた。濱本さんが「そのにおいとはどんなにおいか」と問うてこられたのだった。

においの説明は難《かた》く、直覚を以て嗅いで合点するものだと思う。いかに説明を尽くしましても隔靴掻痒《かっかそうよう》にすぎないでしょう。

空海は唐に渡り、期待されて長安青龍寺の恵果和尚に参じ、密教の真髄を極めた。また「書」に於いては、短期間の在唐に拘《かかわ》らず幸いにも内府宝蔵と諸般の名蹟に接し、空海はその豊かな天分を以て各代の書道文化を吸収していった。時は恰も、顔真卿を主流とした時代であった。

話をまた空海のにおいに戻すが、一つの提案として、永平の道元禅師の書をもち出したい。

道元は入宋して、天童如浄の法を嗣ぎ、帰朝後に越前に永平寺を開いたお方だが、帰朝された時に問いに答えた一語が、「空手還郷」であった。

つまり「何も持って帰りませんでした」と答えられたという。道元は碧澗《へきかん》の泉水のようなお方である。良い意味に於いての「山師的」空海に対し、只管打坐に秘められた道力《どうりき》によって生まれた道元の書。これを対照的に並べた時、優劣の問題は論外として無臭の道元に対する空海のにおいは、歴然として感取可能だと思う。

はしか

その頃、私たちは姉、私、弟の三人であった。一番下の弟（慈済院の住職）はまだ生まれていなかった。

私たち三人が揃って、はしかに罹ってしまった。無論、医師の治療も受けたが結果が思わしくなく、長期間回復しないので、父が「蒸し風呂」に連れていった。

その蒸し風呂とは久我山にあり、大きな屋敷の一角に建っていた。現在のサウナ風呂を小型にしたようなもので、人ひとり入《はい》れる蒲鉾型で、中に仰臥して頭上にタオルを被せて、内部を蒸気で芋を蒸すようなシステムである。今から思うと、はしか菌を熱で殺すという治療で、子供にとっては地獄に似た耐え難い苦しさであった。

当時、一家は荻窪に住んでいた。省線電車（今の都電）に乗せられて久我山に向かったのだが、その車中のこと。父が大きな声で「この子達三人は『はしか』に罹っているので、子ども連れの親御さんはなるべく近寄らないようにしてください」と、言ったのである。

私達はけがらわしいもの扱いをされたようで、父のこの行動に対して子ども心にも許しがたい憤りを覚えた。蒸し風呂で失神の寸前まで蒸されて「はしか」は急に飛んでいってしまったが、電車の中のできごとだけは長い間、心に残って消えなかった。

ところが歳を経て考えてみると、父のあの行動は人として当然のことを実行したのであって、恨むのは誤解であることに気づいた。

真っ直ぐな姿勢で生きた父を、今では清標として仰いでいる。

刷毛目茶盌

櫻沢如一先生

若い頃、櫻沢先生の『無双原理』という著書を読んだことがある。その中で極めて記憶に残る文章があって、爾来、私の心の一隅に住み着いて離れない。

蟹は脱皮を繰り返して生長する生物だが、あの硬い甲羅を一夜にして脱ぎ捨て、新しい甲羅に替わることは周知のことだが、蟹は甲羅の要素を体内に保有しているのではないと、先生は説く。

つまり、蟹たちは甲羅に必要な養分を海水の中から適宜、集める機能を具えていると言われるのだ。要するに、磁石に釘が呼び寄せられるように、それぞれのカルシウムを主体とした要素を選別吸収する能力を具えているのだ。

蟹は脱皮するその間は、岩陰に潜んで軟体になった身を外敵から隠し、一夜を経過すると硬い甲羅を身にまとい、通常の活動を始めるという意味のことが記してあった。

これを読んで私は、人類がやがて開発し辿り着くであろう無尽蔵界を夢想したのであった。地球、いや宇宙には無限の資源が充満しており、殊に海はその宝庫であろう。

一頃、世界の学会では櫻沢先生の存在はかなり重視されていたが、最近とんと聞かなくなってしまった。先生の漢方と西洋医学に於ける谷間は埋めがたいものもあろうが、櫻沢先生はやはり特出したお方に違いない。

大正琴

若い頃、自分が音感に鈍いことに気づき、せめて鳩ポッポの音譜ぐらいは読めるようになりたいと大正琴を購い、折にふれて弾いていた。大正琴はその名の如く、正《まさ》に大正時代の風情《ふぜい》を表すに足る音色で、絃を払っただけでも興を覚えたものだった。

ただ、母が耳障りになるらしく「お前、もう少し何とかならぬか」と頻《しき》りに嘆いていた。元来、苦手な音楽の世界。如何に努力しても一向に上達せず、自己嫌悪に陥ったものだ。

と、ある日、母が琴を前にしている私の部屋に来て、「東五や、今テレビでアシカが上手にピアノを弾いていた」と、ポツリと呟くように言って出ていった。私は「なに、アシカがピアノ……」と一瞬戸惑ったが、動物の曲芸は知っているものの、アシカがピアノとは正直驚いた。

母が、その後《あと》を語らず、ふいとその侭《まま》立ち去ったその所作に、京女《きょうおんな》の性《さが》を見た思いがした。

昔、軽井沢で避暑しておられた水上勉さんを訪ねた時、「京女は鱧《はも》と同じだ。骨切をしないと食えぬ」と名言を吐かれた。

尾形光琳

あまねく世に知られる尾形光琳は、江戸時代中期の画師、工芸家である。京の富裕な呉服商の家に生まれ、通称を市之丞と呼ばれ、三十五歳頃より光琳と称した。初め狩野派の画技を習得したが、後に俵屋宗達の画風に触れ、大いに啓発を受けて独自の画格を打ち立てた。

彼は工芸の分野でも卓越した造形感覚と鋭い観照力をもって、新たに開いた領域は広く深いものがある。

定かではないが私の記憶では、元禄の頃、所は洛中、鴨川の畔。桜花の節に都を挙げて、恒例の観花の宴《うたげ》が開かれようとしていた。公家衆は勿論のこと、名家や富豪がこぞって宴の趣向を凝らした。唐渡りの毛氈《もうせん》を敷き詰め、そこに配された野点《のだて》道具や、金銀をほどこした蒔絵の重《かさね》の中の佳肴は、それぞれ贅《ぜい》を尽くしたものであった。

都人《みやこびと》たちは、やがて現れるであろう光琳は、いかなる設《しつら》えを構えてくるのかと好奇の目を輝かせて待っていた。

ほどなく光琳は小さな包みを携えて現れた。ゆっくりと河原の石に腰を下ろして包みを徐《おもむろ》に解いた。竹の皮で包まれた「むすび」であった。

それを見て都人たちは唖然とした。彼らの期待とは真反対の光景であったからだ。

やがて光琳は、むすびを食し終わった。その時、一陣の風が吹き、竹の皮がひらひらと舞って水面を流れた。

その竹の皮の内側には金箔が全面に施されてあった。表を見せ裏を見せて飄《ひるが》える竹の皮の流れに、河原には歓声が上がった。

この年の花の宴の首位は、光琳の「むすび」だったとか。

私はこの話を聞いて、光琳の美学を深く感じたものだった。そして、古人の言う「藁屋《わらや》に名馬繋ぎたるがよし」の、藁屋は竹の皮であり、名馬は黄金の箔であることを思い合わせて、独り納得したことだった。

しかしもう一つの話では、光琳が竹の皮を風に向かって投げたとある。私は前者をとりたい。

功罪

聖武天皇は佛教に深く帰依し、天平十七年、南都奈良に東大寺を建立なされた。その伽藍の荘厳な構築に際しては、国力を挙げての大工事であったと誌されている。

聖武天皇が日本全国に、国分寺、国分尼寺等を建立されて法幢《ほうどう》を高く掲げさせ給うたことは、わが国佛教史上の一大盛事であった。

これらの造営には官民一体の推進力がなくては到底、円成《えんじょう》は望めなかったであろう。全国からの資金献納、労働力の提供等も拡大して南都に集中したであろう。聖武天皇の一途な平和希求の切願と深い信仰心に牽引されて沸き立った、熱量の高さによるものだと想うのだ。

その東大寺の清区に偉容を誇る金堂に坐し給う盧舎那佛《るしゃなぶつ》（大佛）を仰ぎ見る時、ただならぬ感動と悲愴感を覚えるのは、私だけであろうか。

そもそも釈尊の入滅後、ずっと造像は憚られていたが、一世紀頃、ガンダーラ地方で初めて造られたとする。ギリシャ・ローマの影響が色濃い表現の佛像だが、釈迦佛が多く、他に菩薩諸像も多数現存している。

東大寺金堂の巨像、盧舎那佛は華厳宗の本尊で大日如来はその別称である。その像は銅の鋳造によって成型されたもので、恐らく部分ごとに鋳込んだものと考えられる。

当時は燦然と黄金色に輝いていたとあるが、鍍金《ときん》は金と水銀を溶かし銅の表面に塗り、火熱によって水銀を蒸発させて焼き付けたものを金銅という、金銅佛である。

使用された黄金もさることながら、水銀の量も想像に難くない。この水銀によって、作業に携わった多くの工人たちの大半は水銀中毒となり、悶え苦しんで死亡したことであろう。

聖武天皇は如何にこの事実をお受けとめになられたであろうか。

その心中を思うに余りあり。

これもまた、偶像崇拝の残した禍痕《かこん》ではあるまいか。

金庫破り

時は明治の頃。各地に銀行が設立され、殊に東都のその数は激増していた。当時、銀行の金庫破りが多発し、警視庁はその対策に戸惑っていた。

元、金庫破りの名人が改心して暮らしていることを聞いた警視総監が、彼を訪ねて言った。

「警視庁に来て金庫破りの実演をしてくれないか。しからば部下たちの捜査上、大いに参考になるのだが」と。名人は答えた。「折角《せっかく》、悔い改めて、まっとうな生活を送っている今の私には酷な話だ」と、全く受けつけなかった。

しかし総監は懲りずに説得を重ねた。

結局説き伏せられた元名人、実演の当日がやってきた。警視庁内の一室でその講座は開かれた。出席者は息を飲んで名人の鮮やかな技を見ようと目を凝らした。

名人は「だんな、毛布を持って来てくれ。俺は昼間はダメだ。暗いところでやっていたので手元が狂う」と言って、渡された毛布を頭から引っ被った。

一炊の夢

唐代の小説、沈既済《しんきさい》の作という『枕中記《ちんちゅうき》』に、盧生《ろせい》という男が河北省下の邯鄲《かんたん》の町の旅屋で、たまたま出会った呂翁《ろおう》という仙人に、日頃たまっていた不平不満を打ち明けたら、仙人は一つの枕を盧生に貸し与えた。

盧生は都に上って高い位と富を得て栄華を極めたが、はっとその夢が覚めた時、宿屋の主人が粟の飯を炊き終わるほどの短い時間であったという話がある。

人の世の栄枯盛衰は都《すべ》て、このような夢だと説き、身のほど知らぬ願望はただ落胆の種だと教えてくれる。

昔の人はみんな知っていたこの話だが、今の人は聞いたことがあるまい。

黴《かび》の生えたような話だが、今を生きる人々にはどのように映るでしょうか。

今も昔も

天下に忌諱《きい》多くして民いよいよ貧し。民に利器多くして国家ますます昏《くら》し。民に智恵多くして邪事ますます起こり。法令ますます彰《あきら》かにして盗賊多くあり。

老子の言である。

原文はややこしいが、解りやすく言えば、あれもするな、これもするなと禁止条例が多くなると、国民はだんだん貧しくなってゆく。国民が文化的生活を送る利器を過剰に持つほど、国の中は暗くなる。国民が要領がよくなれば、なるほど不幸な事件が続出する。法令が微に入り細に入るほど、犯罪は増えて悪質になる。

全く、今の世の中を活写したような一章ではないか。千年をはるかに越えた当時ですら、斯《か》くの如し。

老子がもし現在を眺めたら、何と曰《い》うかしら。

沛公と蒼海先生

蒼海、副島種臣は佐賀藩士、枝吉忠左衛門の次男として出生。同藩副島家を継いだ人。明治政府成立とともに、大いに活躍した政治家だが、詩人としても書家としても当代群を抜いた存在で、あの個性の強い、しかも書道史に法《のっと》った書風は、蒼海先生の独壇場であった。先生は当時、清国と深い交流があり、彼の国における存在も大きかったと伝える。先生は多くの詩や書を残されたが、なかでも伊豆の修禅寺の扁額は圧巻であろうと思う。

蒼海先生の七言絶句を一首、掲げてみよう。

秦末の武将、項藉は字を羽。楚の将軍の家に生まれ、長じて秦討伐の兵を挙げ秦王子嬰《しえい》を殺した後、沛公《はいこう》（後の漢高祖）と天下を争い、垓下《がいか》（現在の安徽省宿州市霊璧県）の戦いに敗れ、烏江で自決した。その勇猛さを讃えて、後に項王と称された。

先生がその烏江を訪ね舟上にて作られた詩は、正に日本詩壇、空前の輝きをもつ名詩とされている。

弔項羽
鳴雁枯蘆天欲霜
烏江暮色正茫茫
沛公孫子今予在
鼓棹中流弔項王

項羽を弔す
鳴雁　枯蘆　天　霜ならんと欲す
烏江の暮色は　正に茫々たり
沛公の子孫　今に予あり
棹《みざお》を鼓《こ》して中流に項王を弔う

沛公とあるは前条の如く漢の高祖のことで、「沛公の末裔である蒼海が今ここに在る」という。副島家の祖先は劉邦、漢の高祖の末裔であると名乗るところには、恐らく何かの根拠に基づいてのことであろう。

あまり意訳すると却《かえ》って味わいが半減するので、敢《あ》えて訓読にとどめる。吟ずれば、汲めども尽きぬ詩情があふれてくるであろう。

世阿弥

室町初期の能役者、能作者である世阿弥が「離見《りけん》の見《けん》」ということを説いている。能を演ずる者は「もう一人の自分」を向こうに置いて、そこから自分の演ずる能を見ているようでなければばならない、と云っている。

実に的確な指導であり親切な語りである。これは能の世界のみではない、広義な意味において、行住坐臥、日常の中でもう一人の自分を置くことを説いているのではないかと思うのである。

たまたま世阿弥が能をその時語っていたので、能の心得のように人には聞こえるようだが、然《さ》にあらず、と私は思う。世阿弥が、慈悲ある大きく温かい心を以て、道を求める人々を導こうとされた表現ではなかろうか。世阿弥ご自身は、造作をかけてもう一人の自分を置かなくても、疾《と》くに見えている境涯におられた。

一打生萬法　金剛王宝剣

山川静夫さん

心契の兄友、故橋本博英画伯が銀座の「望《のぞみ》」というスタンドバーに私を連れていった。そのカウンターで山川静夫さんにお目にかかった。

その頃の私は、大半、韓国の山奥での作陶生活。テレビ、ラジオとは無縁で新聞も無論読まない人だった。

「どういうお仕事をするお方ですか」との私の質問に、「あなたと同じことを聞かれた人が、もう一人おられました。その方は御婦人で、はるか南方の国の領事の奥さんでした」と、笑いながらおっしゃった。

山川さんは懇切に歌番組の司会はこのようにしてやるものだと実演までしてくださった。それは「今週の明星」という、NHKのラジオの番組だったようだ。当時、売れっ子だった三橋美智也や美空ひばりの、歌手たちの名が出てきて、実に解りやすいものだった。すっかり感動した私は「どこでもこのようにされておられるのですか」とお聞きすると、「今晩は特別ですよ」と言われた。

続いて今度は、私に向けてのご質問だった。

「私は近頃、『ウルトラアイ』という番組を担当していますが、どなたに会っても眼のことが気になります。あなたの眼は人の眼と違って光っていますが、どうしたらそんな眼になりますか」

私は答えました。

「あちらこちら彷徨《うろつ》いて行儀の悪い酒を食らい酔うと、この眼になります」と。

この一夕の出会いが契機となって、その後上京するとお目にかかり、楽しく充実した時間を過ごした。対馬の對州窯にもいらっしゃった。橋本先生も無論ご一緒だった。観世栄夫さん、辻義一さんも加わった酒豪の集いであった。

對州窯の万里亭で、各自、狼の毛皮を敷き大酒盛が始まり、その料理は辻留の辻義一さんが調えられた。「こりゃ、海賊の酒盛ですな」と、山川さんがおっしゃった。對州窯のすぐ前は海なのである。

その後、二次会とて町内のクラブにお連れした。地元の漁師の親分や海上自衛隊員の人たちが大勢いたその中でマイクを把られ、山川さんは、

「私はＮＨＫの山川と申します。この度、対馬を訪ねるご縁を得ました。私どもの友人、小林東五がお世話になっておりますことをありがたく存じます。どうか今後ともよろしく

お願いします」と話されて一曲歌われた。

聞いていた客の一人が「今しがた山川アナはテレビに出ていた。あの人は偽物だ」と真顔で言ったので一同、大笑いになったことだった。録画というものを知らなかったらしい。


年月が流れて十余年前、拙著『蚯蚓《みみず》の呟《つぶやき》』出版に当って、日本ペンクラブの会員でもあられる山川さんに序文をお願いしましたら、快く引き受けてくださった。

その序文の書き出しは、「東五さんは一見、出鱈目《でたらめ》のように見えるが実はよく見ると、そうではない」に始まる文章であった。出版記念の会を開こうという気運になり、会場は帝国ホテルの光の間と決まった。厚かましく当会の司会をお願いしましたら、すぐご快諾くださった。

が、その後間もなくお患いになられたことを知り、会の日限も迫った頃、一度山川さんに連絡をとったら、と周囲が言ったが、私は「山川さんには、その必要はない。余程《よほど》の事態でない限り、必ず来られます」と答えて、当日を迎えた。

果たして、当日、所定の時間前においでになられて関係者との打ち合わせを済まされ、お茶を飲まれて後、会場に臨まれた。

開口一番、「今回出版された本の題名は間違っているように私は思いますが、いかがでしょうか。私は『蟒蛇《うわばみ》の呟』と思うのですが」

会場の四、五百人のお客さまは抱腹絶倒された。実にみごとな司会を済まされて、すぐ会場から病院へお帰りになったことを、閉会後に知った。

数か月後のこと。とある友人が一冊の雑誌を私に渡してくれた。「山川さんが一文を書いておられる」とのこと。その誌名は忘れたが、健康を主体にした月刊誌だったように記憶している。

「私の友人が出版記念会を開くに当たり、司会を頼まれたが、病床の身なので担当医師にその事情を話して外出許可を願い出た。しかし、この病状では無理だとの答えであり、それでも再度、相談の結果、短時間ならよかろう、と許しが出て、当日幾種類もの計測機器を身にまとい、会場に向かった。

私はいつもやっている司会なので気楽なものだと思っていたが、病院に帰っての計器の記録では、思いの外、身体に負担がかかっていることを知った。

その結果を聞かされて私は実にうれしかった。私は自分では意識していない自分が、可《か》成《な》り真剣に仕事に向き合っていることを知りました」という意味のことが書かれてあった。

私は山川さんの御人柄その侭《まま》の御文章であると深く感じて、欣然としたのだった。

ゲノム

私は時に不思議に思うことがある。最近よく聞くゲノムの話である。といっても、私はまったくこのゲノムについて語る知識もない。

曽ての記憶で、アメリカの元大統領クリントンが任期迫る頃、「人類はゲノムの存在を知った。現在、世界は全勢力をかけて解読に当っているが、その成果はまだまだである。ゲノムの研究は人類の未来に、一大変革を与えるであろう」という意味の発言をしていた。以後、急速に研究は進展してゆくのだが、人類の当惑も大きいものがある。

空前絶後の大天才釈尊は、因と果を説かれたと聞く。それがめぐり巡って悠久に続くとおっしゃるのである。輪廻《りんね》という。

私は驚いた。現在示すところのゲノムの図式は、まさしく輪である。ゲノムの最初の発見者は、もしかすると二千五百年前の釈尊ではあるまいか。たわけの言です。

家犬崑崙

崑崙《こんろん》は、我が家三代目の純柴犬であった。

飼ってしばらくは金剛《こんごう》と呼んでいたが、北朝鮮の山の名では受けが悪いので「コンロン」と改めた。ご承知のごとく崑崙山は仙女西王母が住んだ山で、崑崙山脈の主峰である。

三代目の崑崙は先代に比べてあまり頭が良い方ではない。しかも、悪賢く脱走の得意な犬だった。脱走する度に車に吠えかかったり、近所の犬に噛みついたりして、役場や交番から注意を受ける札付きの犬として周囲に嫌われていた。執事の木寺さんが何時も謝りにビールを持って頭を下げて回ったものだ。

毎日の散歩は私の分担だったが、雄犬でも目につくよう赤い首輪を付けて歩いていた。やがて、いよいよ私も歳を感じ、重たい脚を引きずって散歩するのだが、よく、前を歩く崑崙に、

「お前よ。私の先に死ねよ。お前のような犬は誰も飼ってくれない。みじめだから早く死ぬが良い」と言い聞かせていた。

三年前、私は突如、心筋梗塞という大病に罹り金沢医大病院に運ばれた。私は医大の先

生に命を助けていただいたのだが、崑崙は、きっと私が死ぬと思って私の入院中に癌に罹って急いで死んでしまった。

「崑崙よ。なんというタイミングであったのか」

崑崙を弔す

家犬　亡《うしな》い来たりて悲嘆の中にあり
今より海角《かいかく》の一孤翁《いちこおう》
汝《なんじ》を埋む　庭際《ていさい》　櫻株《おうしゅ》の下《もと》
他日《たじつ》　花開くも　孰《たれ》がためにか　紅《くれない》なり

愛犬崑崙を亡くして悲しいばかりだ。
今からは（この私は）孤島の一人ぼっちの老人なのだ。
お前を庭の片隅に埋めてあげるのだが、
花が咲いても、だれのためなのか（この俺も、もういなくなるのに）。

（自訳）

聖天子　堯

中国古代の伝説上の帝王、理想的な聖天子《せいてんし》とされる堯《ぎょう》のお話。

堯が行幸《みゆき》した折、あるところの役人が堯のために、長生きされるように、金持ちになりますように、子宝に恵まれますように、と祈祷をしようとした。

堯は断った。

男の子がたくさんいると、一家は懼れや心配ごとが多くなる。金持ちになると、いろいろと厄介なことが起こってくる。長生きをすると、恥をかくことが多い。この三つは、道の修養には何の役にも立たぬ無駄骨であると、堯は答えた。

『唐詩選』の中だったか、堯を讃えた七言絶句があったことが幼い頃の記憶に残っている。

秦は長城を築いて　鉄牢《てつろう》に比し
蕃戎《ばんじゅう》はあえて　臨洮《りんとう》にせまらざりき
憐れむべし　万里連雲の勢いは

及ばず堯階　三尺の高さには

秦の始皇帝は万里の長城を築いて、その堅固さを天下に誇った。蕃戎（未開の異民族）は敢えて臨洮（長城の起点）までは攻めてこなかった。この堂々たる万里の長城も、堯が登って政《まつりごと》をとったわずか三尺の階《きざはし》には及ばない。

祇園の女将

昔の話。祇園の女将《おかみ》が、佛《ほとけ》づいたのか、ある本山の管長さまを訪ねた。その前に管長さまが祇園に出向かれたのが御縁かも知れないが、女将はいそいそと方丈に辿り着いた。

管長さまは女将に向かって、「お前さんはどれだけの数の男を騙したか知れぬから、閻魔大王の前に引きずり出されたら、きっと酷《むご》たらしい地獄に堕されることだろうなあ」と哀れみを込めて言われた。

女将は平然と「なんのなんの。今から閻魔さんに会うのを楽しみにしていますのや。閻魔さんをどの手で落とすか分かりませんが、出たとこ勝負。やり甲斐もあろうというものどす」と答えたとのこと。

管長さまはお聞きになられて、どんなお顔をされたでしょうか。

乃木希典とマッカーサー

何かに書いてあったが、日本を占領して着任したマッカーサー元帥の執務室の壁に、乃木将軍の写真が掲げてあったそうだ。

聞くところによると、マッカーサーは乃木希典を殊のほか尊敬していたようだ。ロシアの敗将、ステッセルを吾友のように遇した乃木大将の武士道精神と温厚篤実な人柄を感じ取っていたのであろう。マッカーサーは、己も斯くありたいと庶《こいねが》っていたのではあるまいか。当時、一億玉砕を覚悟していた日本だった。

ポツダム宣言を受諾した日本に対し、アメリカの占領政策は我々の予想外の対処であった。戦争史上、例外だと思う。もし、日本がアメリカを占領していたとするならば、どうであろう。これは想像に難くない。

私は思うのだ。現在蘇った日本国は世界の大国に群して大きく輝いている。マッカーサーと乃木の、時を超え国境を越えた心の交わりが、日本国を今日にあらしめた大きな一因ではないかと。

知られた武勲に加えて、斯くなる隠れた大業を遺した乃木希典の功績を讃えたい。

灯台

残されたエピソードを拾い、その人物を偲ぶことは人間特有の楽しみであろう。

ここで孔子の一つを挙げてみることにする。


孔子は春秋時代、今の山東省のお生まれで、長じて初めは魯の国に仕えたが、その後、諸国を遊歴するも意を得ず、郷里曲阜《きょくふ》に帰り、門人の養成と典籍の整理に尽力した。儒者の祖として尊ばれ、爾来、東洋の思想の大きな柱となって、現代に至るも名を知らない人はいない。

中でも『春秋』は特出すべき著作である。


この逸話は孔子が曲阜に帰られてからのことで、已に中年を過ぎておられた頃であろうか。

都から遣わされた使者が曲阜にたどり着いた。「孔子先生のお住まいはどの辺りか」と地の人に聞くも、「そんな偉い人がこんな辺鄙《へんぴ》な所にいるはずがない」との答えだった。

困り果てた使者は畑の小路を歩いていた。ようやくのこと、大根を引っこ抜いている一人のお婆さんに出会った。

「孔子先生のお家を知りませんか」と、また聞いてみた。

「おらは、そんな人は知らないが、名はなんというのだ」と尋ねるので、「丘《きゅう》とおっしゃるのです」と答えた。

お婆さんは、「東家の丘、われこれを知る」と答えた。それなら知ってるよ、おらが家の東隣《ひがしどなり》の丘公《きゅうこう》のことだよ、と。

灯台は遠くの海を照らして航海する船舶を導くように、恰《あたか》も、孔子は曲阜で生きておられたのだ。自己を売り出すことに余念のない輩《やから》の矢鱈《やたら》と多い人の世。何ともゆかしいお話ではないだろうか。

〔追記〕灯台とは古《いにし》えは燭台のこと。ここでは現代の通用に従う。

永六輔さん

ひと昔ほど前のことか。或る日、永六輔さんから手紙が来た。私に会いたいので時間をつくってくれとのこと。ちょうどその時分、日本橋三越本店で展観が決まっていたので、当会場で会わないかと提案して返信を出したら、「対馬の人には対馬で会いたい」と復信があった。

永六輔さんは時流に乗った、大衆に人気のある詩人だと思っていたので、正直なところ大した関心をそれまでもっていなかった。その中《うち》に三越の展観が開かれて在場していた時、永六輔さんらしき藍染の作務衣を着た人がすっと画廊の前を通り過ぎていった。訪ねてこられたと思って心待ちしたが、再び現れなかった。

時が経って端無《つがもな》くも永六輔さんの詩を見る機会があり、その詩の発するただならぬ輝きに瞠目した。それから更に幾首かを読んで、この方《かた》は近来稀なる詩人であることを知った。惜しむらくは千載一遇の好機を私はむざむざと失《しっ》してしまったのだ。

もしお会いしていたら、どんなにかお互いに楽しく、時が彩れたことか。今に悔やまれてならぬ。

ある友

瀬戸内海に面した小さな港町の旧家出身の男が、関西の繁華に憧れて青年期を過ごした。ダンスが得意で、殊にタンゴをマスターしてダンス教師をしていたようだが、やがて郷里に帰って彼は店舗改装業のようなことを始めた。

頑丈な体格の持ち主で、背丈もある堂々たる体格だが、色黒く顔が馬そっくりで、白いクラウンを乗り回していた。彼は片っ端から借金をして、また上手に逃げることの天才であった。しかも女癖《おんなぐせ》が悪く、女性に対する嗅覚も天性のものがあった。

そんな彼であるがどことなく憎めないところがあり、通常許せない行為にも周囲が殊のほか寛容であったのは、これも亦《また》彼の特異性で、益々出鱈目《でたらめ》を重ねていた。私も当時の金で五十万円ほど踏み倒されて、往生した記憶がある。

彼がある日、私にこう語った。

「俺はあの会社の社長の奴めが一番嫌いだ。まるで、俺を見るようだ」と。

この一言を聞いて、私は益々彼が憎めなくなった。
彼は四十代前半で肺結核になり、血を吐いてあの世に逝ったそうだ。

信念の人

ガリレオはイタリアの物理・天文学者。近代科学の父として称揚された大碩学であったことは、夙《つと》に知られるところである。

彼は一五六四～一六四二年の人で、生まれはピサ。若くして医学を志し、やがて科学の領域に及び、アリストテレスの運動論の誤りを正し、落体の法則を発見し、より幾多の新発見を重ねた。ピサ大学、パドバ大学で教鞭をとり、コペルニクスの地動説を裏付けしたが、対論者との争いとなり、その後、望遠鏡を独自に製作して天体を観察、ついに地動説を公に主張した。

今まで世の中の人々が信じきっていた天動説を根底からひっくり返す地動説は、当時猛烈な反論があり、やがてローマ教皇庁から地動説を厳禁される。ガリレオは宗教裁判にかけられて終身刑となり、「これからは一切地動説はやめます」と神前に誓わされた。

以降、判決直後に終身刑から軟禁に減刑されたが、フィレンツェの自宅に戻ることは許されず、その郊外に幽閉され、苦悶のうちに残りの生涯を送ったという。死に際しては一門の墓所にカトリック教徒として埋葬することも許可されなかった。

その時代、ガリレオに対して、冷たく批判的な視線を投げかける者も多かった。「ガリレオはとうとう教皇庁の圧力に屈して自説を放棄してしまった。ガリレオは本来、意志の弱い腰抜けだ」という嘲りの声を耳にして、ガリレオはどのような心境でそれを受け止めていたか。それを思うにつけても当時の人々が気がつかなかったところに、ガリレオの信念があったのではないかと、思いを巡らすのである。

「それでも地球は動く」と呟いた彼は、悠久の世界を生きていたのだ。彼がもし、当時の動勢に逆らって地動説を強引に主張したとしたら、その結末には死があるのみであった。しかし彼にはまだまだ果たさねばならぬことが多々あった。しかも、信じて疑わぬ絶対の確信が地動説にはあったのだ。

いつの日か、必ず地動説が全面肯定される日がめぐり来て、その時すべては解決する、と考えたのではなかろうか。こせついた単なる学者ではなく、遥かな時の流れを見透した、真に天文に生きた人であった。

知られざる魯山人の姿

この私を精一杯引き立ててくださった方、辻義一さんは現在、病と闘っておられる。懐石辻留の三代目として大いに名を馳せた料理人であることは、皆さん周知の通りである。辻さんとは爾来《じらい》大いに語り、酒を斟《く》み、旅をした往昔が懐かしい。

辻さんは若い頃、北大路《きたおおじ》魯山人《ろさんじん》の下《もと》でひたすら修行に励まれたが、その間に出合い、体験した諸々《もろもろ》の思い出を、私に折あるごとに語ってくださった。

先ず、最初は彼が京都から鎌倉に到着した時の話から始まる。

魯山人先生は、長旅でさぞ疲れただろうから休みなさいと、茶室に布団を敷いて一睡することを勧められた。噂に聞いていた魯山人先生は、恐ろしく至極《しごく》怖い人だと覚悟を決めてやってきたが、案外優しい方なのだと胸を撫《な》でおろして一睡についた。

夕方目を覚まして先生にご挨拶に伺ったところ、先生は桐の箱を並べておられた。「お前は墨を磨《す》ってくれ」と命ぜられたのだが、案上には見るからに高級な古硯と墨が備えられていた。

彼は一生懸命に墨を磨り、頃合いをみて「先生磨れました」と言った途端、雷が落ちたような声で、「お前はこの箱の数を見ていながら、余計な墨をこんなに磨るとは何たることか。そんな心掛けでやってきたのか。恥を知れ」と怒鳴られた。

その時「適宜」という、料理はもとより総てに通じる大切な一則《いっそく》を授かり、今も身にしみているというお話である。

ある夏の日、先生のお伴をして自営の菜園に行った。畦に沿って歩きながら、「今晩はこの里芋も食べよう」と先生はおっしゃり、旬を迎えた数個を掘って帰った。その頃、辻さんはすでに先生の食事係りを受け持っておられたのだ。

辻さんは緊張しつつ里芋を心こめて煮て、先生に供した。先生は一口食されて「うまい！」とおっしゃった。辻さんは「ありがとうございます」と深々と頭を下げたところ、「お前は今、何と言った。里芋がうまいと言ったのに、なぜお前が礼を言うのか」と。

この話には、魯山人先生の小意地の悪さがのぞいているようだ。

魯山人先生は並外れた味覚の持ち主であったことは知られるところである。ある時、鎌倉海浜の松原に松露《しょうろ》を採りにゆかれた。辻さんは籠をもって随《したが》った。

松露を適量採られて、「さあ帰ろう」と言われた。「先生、あそこにもここにも松露がたくさんあるのに、なぜ採らないのですか」と問うと、先生は、「食べるだけ採るのだよ。自然の恵みをぞんざいに扱ってはいけない」とおっしゃった。

魯山人先生のそういう一面をこのような角度から語った人は少ないと思うが、内に潜んだ情愛と先生の謙虚さを見過ごすわけにはゆかない。松露とは、松の根方に生ずる菌の一種。極めて美味なり。

天婦羅の茶漬けを考え付いたのは魯山人先生だったと聞いた。星ケ岡茶寮の料理場で、余った海老天婦羅を翌朝、七輪で炙《あぶ》って茶漬けにするのだ。私は俄《にわか》には信じがたかったが、やってみると意外に天婦羅が生まれ替わって、素晴らしい茶漬けになることを知った。

魯山人が逝去後、しばらくの間、従事した窯の人たちが残っていたようだ。彼等の言うことには、「総じて魯山人印といっているが、俺たちが大半は作ったものだ。魯山人はちょっと手を触れたり、絵を施すくらいのものだ。この際、みんなで一窯焼いてみようではないか」ということになった。窯も陶土も釉薬も同じ物が残っていたので、制作が始まった。当時と同じように作り、同じように火入れをして、いざ窯出しの日を迎えた。

驚くなかれ、様子の違うものが窯から出てきた。

辻さんはその時、魯山人の力は偉大だったことを知った。つまり、私流に表現すれば大将の居ない軍隊は単なる人の集まりということだ。まさに強将下に弱卒無し。魯山人は強将だったのだ。それを失った星岡窯は、然《さ》も有《あ》りなんと、私も納得したことだった。

魯山人先生は土産物を見て、その人物を評価しておられたそうだ。意に叶った品を持参した人には大いに讃辞を贈り、その反対には時には酷い罵声もはばからなかったとか。要するに、葬式に紅白の饅頭を持ってゆくようなこと、左党に羊羹を供するようなことを極端に嫌われたようだ。

これは魯山人先生に限らず大抵そうだが、逆側に立つとうっかりしてしまうか、はたまた事前の相手に対する予備知識に欠けたか、いずれかであろう。私たちもわかりきったことだから、よく考えてお土産は持参しましょう。

聞き覚え

また、北大路魯卿の話を書くことにする。

折にふれて、辻義一さんが思い出して話してくださった話である。魯山人を一層知ろうとする人たちにとって、一助ともなればと考える次第である。

魯山人先生がある夏の日、「明日は由比ガ浜に一緒にゆこう」と言われた。海水浴に連れていってくださるのだと、麦藁帽子と海水パンツなどを準備して、翌日お伴をすることになった。

ところが当日の先生のいで立ちは、麻のスーツに舶来のパナマハット、極めつけのステッキであった。

先生は海岸を歩かれたり止まったりしておられたが、一刻もすると帰途につかれた。辻さんは一度も海に入ることはなかった。

先生は何のために由比ガ浜まで行かれたのか、長い間わからない侭《まま》であったが、やっと今になって合点した。先生は水着姿の女性を眺めに行かれたのだ、と。その頃は、まだ海で泳ぐ女性は少なく、水着も地味であったようだが。

またある時、先生が映画に連れていってくださった。横の席についていた辻さんは実に困ってしまった。

先生は映画を観ながら泣いておられるのだった。それをご自身、カモフラージュするために頻《しき》りに咳払いをされ、観客が迷惑そうに振り向くのであった。辻さんは恥ずかしさで身の置きどころもなかったが、今にして思えば、先生は人一倍感受性に富んだお方だった。こういう一面の魯山人を知る人は稀なのでしょう。「傲慢な態度しか伝わっていないのが残念だ」と、辻さんは話を結ばれた。

先生は、アサヒビールを殊《こと》のほか愛され、嬉しそうに小瓶を空けておられた。ある国の大使の奥さまが悪戯心《いたずらごころ》を出して先生を公邸に招いた。奥さんは恭《うやうや》しく、入れ替えたキリンビールを先生のグラスに注いだ。

先生は「やっぱりアサヒビールは美味い」とおっしゃった。奥さんは透《す》かさず、「これから先生の言われることは信用しません」と。この時は魯山人先生、二の句がなかったそうです。

先生を訪ねたある御婦人が、「この器にお料理を盛ったらさぞかし美味しそうでしょう」と感極まった声で言った。それを聞いた魯山人先生は、即座に「美味しそうになるのではなく、美味しくなるのだ」とおっしゃった。この消息は、器と食に関わる迷わざる自信の発露と私は受けとめた。

まだまだ辻さんは魯山人先生のお話をたくさんしてくださっているが、今回はこのくらいで筆を擱《お》こう。聞くならく、辻さんは病褥にあられると。安晩を切に祈る昨今である。

浅蜊貝

妻帯したい、魚や四足《よつあし》が食いたいのなら、さっさと還俗しろ、誰も止めやしない。清区名刹に住まい、布施を受けて家賃も払わず、徒食するとは何事か、とある人が口に泡をためて言っていた。

つい最近まで妻帯せず、生くさも食わず、清規を厳守して佛を奉じた高徳なお方の実在を、私は知っている。

これは子どもの頃に聞いた気高い話。

里をはずれた山奥に古寺《ふるでら》があった。老僧と小僧二、三人が佛を守って住していた。ある日のこと。珍しく村人から法要を、との要請があった。老僧は寺に帰って来て小僧たちに今日の御斎《おとき》の話をした。「たくさんの品々が膳にのっていた。椀の中の一つを、やっと食ったが、それは硬かった」と。

老僧は初めて見る浅蜊《あさり》を貝殻ごと食べたのだった。

齋藤晌先生

荊園《けいえん》齋藤晌《しょう》先生は三十数年ほど前、残念ながら一昨年休刊となった宗教月刊誌『大法輪』の漢詩欄の選者を担当しておられた。荊園先生は東都学派。法学、文学の両博士であらせられ、旧四国宇和島藩の儒家の家系のご出身だとうかがった。

当時は、この漢詩欄に松本芳翠《ほうすい》、太田青丘《せいきゅう》、松林桂月諸氏も投稿しておられて、先生は衰退してゆく漢詩界を懸命に支えておられた。私も投稿者のはしくれに加わって、分外に詩評などを頂戴することもあり投稿を続けていた。

その頃、第一回對州東五展を日本橋三越本店美術特選画廊で開催することとなり、荊園先生に若輩を顧みず推薦の御文章を頂戴することを考えた。

恐る恐る先生に連絡をさし上げると、拝芝《はいし》のご了解を得た。その頃、先生は成田にお住まいで、私は当日、羽織袴で正装をしてお訪ねすることにした。

お宅の門前に白い看板が掲げてあった。「漢文指導　大学院修了以上」と書いてあり、それを見て私は肝を冷やした。

荊園先生は黒いサングラスにスーツ姿で迎えてくださった。私を一瞥され、「えらい若い人だねえ。八十ぐらいの老人がやってくると思っていましたよ」とおっしゃった。今考えると無理もないこと。その頃既に、漢詩をひねくっている人は例外なく、ほとんど老人だったのだ。

先生は書斎に通してくださった。そこには蘊峰《そほう》の書軸が掛かっていた。しばらくして、「小林さんは盛唐の詩人、張若虚《じゃくきょ》の『春江花月夜』という長詩を見たことがあると思うが、私は近来、改めてこの詩に痛く感じている」と述べられ、滔々と語り始められた。「春江の潮水　海に入りて平なり」に始まる長篇を朗々と吟じ、とうとう「落月情を動かして　江樹に満つ」の結句の口訳に及ばれた。

その時の荊園先生の青年のようなお顔は、今も忘れられない思い出である。先生は本当の詩人であらせられるのだ、と実感したのはその時であった。

苦笑されながら、こんな話もしてくださった。

「私は現在、『漢文大系』という書籍の校閲を依頼され、老子経も担当し書くことになっているのだが、最近、敦煌より古い老子経が発見されて、それも見ると、とんでもないことに、現在伝わる老子経とは多く相違していることが判明した。急遽それを取り寄せて書き改めなければならぬ」とぼやいておられた。

ところで会話が幾転《いくてん》、肝心な御文章を頂戴する件が切り出しにくく、それでも思い切ってお願いすることにした。

「実は今度、日本橋三越本店特選画廊で、詩、書、画、篆刻、陶磁の総合展を開催することになりました。私は韓国に渡り倭寇《わこう》のように思われているので、齋藤先生に海賊の旗印になるような御文章を書いていただきたく思います」と申し上げると、「書こう」と快諾をいただいた。

後日、「後雲　小林東五を褒める」という題の、身に余《あま》る御文章を拝受した。それからご老体をおして展観会場にご来場くださり、偶然、谷川徹三先生と戦後何十年ぶりに再会をなされて、東西の哲学者が和やかに談笑しておられましたことは、極めて印象的であった。

今はなき両先生の霊、安かれと祈り擱筆《かくひつ》する。

王昭君

三十年ほど前だったか長江がダムになると聞き、末流の詩人たるもの一度くらいは三峡を下りたいと思い友人を誘い決行した。

その帰途、船上で吟じた拙詩を御笑見ください。

昭君村

瞿塘峡口水煙昏
灔澦堆頭激浪奔
忽下西陵開兩岸
船長遙指昭君村

昭君村

瞿《く》塘《とう》峡《きょう》口《こう》　水煙昏《くら》し

灧《えん》澦《よ》堆《たい》頭《とう》　激《げき》浪《ろう》　奔《はし》る
忽ち西陵を下れば　両岸開く
船長遥かに指さす　昭君村

この詩中にある昭君とは王昭君である。

王昭君は、前漢の時代、元帝の女官で名を嫱《しょう》といい、昭君は字《あざな》。ずばぬけた美人だったが、匈奴（北方の蛮族）の王妃として嫁ぎ、その地で没した。

昔は今のようにカメラが無いので画師が肖像を描いていた。

和平を保つ手立てとして匈奴に贈る女性を決めるため、宮廷画師たちは命にしたがって一斉に筆をとった。女官たちは、なるべく美形に描いてもらい匈奴行きをまぬがれたい一心で、画師たちに挙って金品を贈った。

その中にあって、昭君だけが賄賂を使わなかった「腹いせ」で、一番不器量に描かれてしまった。王はその肖像を見て、この女なら惜しくないと思い昭君に決まった。

さて馬に騎って紅頬を涙でぬらした昭君を見て、王はその美しさに驚いたが、一度決めたこと。臣下の手前、王は撤回はしなかったが、さぞ悔いが残ったであろう。

しかし伝えるところでは、昭君は彼の地で優遇され、王子を育て平和に一生を送ったとある。

詩中にある昭君村とは王昭君の生まれた村のこと。船頭が「あれが王昭君の生まれた村ですよ」と、遥かに岸辺の村を指さして教えてくれた。

栗泥棒

人が目先の利に拘ると、本来の自分の生き方から遠ざかってしまう。

かの荘子が、雕陵《ちょうりょう》という丘で栗を栽培している園林に遊んだ時のこと。大きな鳥が目の前をかすめて飛びすぎ、近くの木にとまった。これを射止めようとして、よく見るとその鳥は葉の陰の蟷螂《かまきり》を狙っている。更によく見ると、蟷螂は蝉を捕まえようと獲物に夢中で、己の身に危険が迫っていることに全く気がつかない。それを見た荘子は、生き物の実態とはこのようなものか、と嘆息したのだった。

その刹那、荘子は番人に「こら、栗泥棒めが」と怒鳴られた。

この場合は鳥、蟷螂、蝉、荘子、栗園の番人という順の組み合わせだが、首《こうべ》をめぐらせば、これに似た光景は世の中、至るところにある。

用心、用心。荘子のお話の一章です。

粉引茶盌

価値観

若い頃仲良くしていた人が、「今度サウジアラビアに仕事で行くことになった。当分会えぬので元気でね」というので、別杯を交わした翌日、彼は旅立った。

彼は井戸掘りの技術者であった。後から知ったのだが、日本の井戸掘りの技術は世界でも優秀だったようだ。

そして彼は約一年後に帰国したのだが、その報告が実にふるっていた。

毎朝、一同が仕事を始める前に、朝の祈りを太陽に向かってするのだそうである。その祈りとは「どうか神様、オイルだけは出ませんように」と。

つまりサウジアラビアは原油国で、水が極めて少なく貴重なのだ。日本なら井戸を掘って油が出たら大感激だが、それがまったくの反対になっている。価値観とはそういうものだと、この友人の話から私は知った。

確かな報告

朴政権下、日本の工業技術導入と経済復興のため、彼の国には急激に幾多の合弁会社が設立された。

ある会社も、相当な規模の合弁会社を設立することになった。社長は無論のこと、社員も多数、海外出張を頻繁に重ねた。

ところが、社長さんに現地妻ができて、子供が生まれた。社長は「自分は戦争で負傷し、子供はできない。不思議なことだ」と社員に語っていた。半信半疑の役員たちは、ある社員を確認のために出向かせた。

帰ってきての報告。「金歯が生えていないだけで、あとは、そっくりだった」と。

実に的確な報告ではないか。

輪タク

終戦後、進駐軍がやって来て岩国も例外なく米軍の兵隊さんでいっぱいになった。彼らを運搬する役目は、輪タクと呼ぶ小型の動力を付けた乗り物であった。今でも似た車を東南アジアではよく見かける。

輪タクは人を運ぶことを表看板にして、娼婦を斡旋するというウラの仕事を本業にしているものもいたようだ。

街に輪タクを束ねる顔役が一人いた。年の頃六十歳前後。半白の髪を刈り上げた大柄なおじさんだった。顔面浅黒く眼が時にギラッと光る、凄みのあるおじさんだった。「根岸のおじさん」と私は呼んでいた。

その根岸のおじさんが私の住んでいるアパートの隣に引っ越して来た。私はこの根岸のおじさんの熊のような歩き方に何となく特異な雰囲気を感じ、行き会うとよく話をしていた。

おじさんの部屋のベランダに毎日のように布団が干してあるので、不思議に思い聞いてみると、同棲している女の子が毎夜寝小便をするのだと、悪びれもなく笑いながら話してくれた。

ある夜のこと。えらく人だかりがしているので人垣から覗くと、根岸のおじさんが黒いダブルのスーツを着た、いかつい五、六人に囲まれて只ならぬ様子であった。どうも縄張り争いらしく、隣県広島の暴力団のお兄さん達であった。

根岸のおじさんは拳銃を突きつけられて立っていた。例の熊のような様相で、「若いの、俺は年をとって面白くないのだ。もますのなら派手にやってくれ」と、低いがよく通る声で言った。

若い兄さんたちはタジタジとなって散っていった。私は滅多に見ることのできない光景に遭遇して感動した。

そんじょそこらの禅僧からは感じ取れない、道の極めを知ったのだった。

〔追記〕「もます」とは防長（山口県）の方言。もめる、ややこしい争いをするの意。

窮極

人は日頃、人間面《づら》をして暮らしているが、いざとなると想像をこえた所業をなすものだと聞く。

砂漠の真ん中に不時着した一行が飢えて、若いうまそうな人から喰われたと聞いたことがあるが、有り得ることだと思う。

『春秋左氏伝』という古い典籍の中に、「易子而食」（子を易《か》えて食らう）という話が載っている。

自分の子は喰うにしのびないので、他人の子と交換してその肉を喰うという意味で、さらにその骸《むくろ》を析《くじ》いてかまどの薪とするとある。籠城の悲惨を語る激烈な表現で、身のちぢむ思いがするではないか。

通常、格好をつけた人らしさも、一皮剥けば鬼になり果てるのか。

しかし他の生物《いきもの》には、子を取り換えて喰うという行為はない。せめて最後に残された人間性ではあるまいか。

人類にはこうした心があるのだ。また、このような心を持ち合わせたが故に、苦悶や迷いが生ずるのだ。そう思うと、悩みや迷うことは人間だけに許された特性ではないだろうか。

大切にしてやらねば、と思う。毛嫌いしてはいけません。

対馬の佛像

対馬の寺院の佛像が盗まれたことは広く報道され、国際的問題ともなっている。「元々、朝鮮の佛像であったものを日本が掠奪《りゃくだつ》したのであるから、元に戻したのが何故悪い」と、韓国は頑張って、未だその結末を見ない。

日韓の行き違いはこれだけではなく、多くの問題を抱えながら、それを引き摺って今日に至っている。

当の佛像の話だが、曽て日本が掠奪したという前提のもとに組み立てられた牽強付会《けんぎょうふえ》ではなかろうか。

私の元の住まい、對州書院の執事を長く務めていた木寺君はカメラに熱心で種々の賞を受け、益々腕を磨いている。この前、海外のクラブと合同で、韓国釜山で作品発表会があった時、彼も出席しての帰国後、土産話に聞かせてくれたことが、近来になく嬉しかった。木寺君の話では懇親会の席上、話は対馬の佛像に及び、ある韓国の人が「あの佛像についての韓国側の対処は実に浅ましく、慙愧《ざんき》に耐えない思いをしている。正直言って我が国の良識ある人は、みんなそう思っていますよ」と語ったそうだ。

まだ正面から、ものを見据えている人がおられることを改めて知り、儒教精神の底力を思い莞爾たるものがあった。

風水

風水とは、山や川などの形状を詳細に観察し、都城、住宅、墳墓などの位置や向きを定める方術で、とりわけ中国、朝鮮半島では現在なお継承されている。「風水説」という。

この術は今では、過去の陰陽家や儒者の生活の手だてだったと思われがちだが、その筋の達人も存在していた。それは深い学識と、その場その場を見極める正確な観察眼と直感力によって成り立っている。

私が長年栖んでいた対馬は、現今、外来種の蜂が激増して、今では玄界灘を渡って九州にも上陸したと聞くが、この蜂は朝鮮半島から海峡を渡って飛んできたのだという。在来種よりひと回り大きく、見るからに獰猛な形態をしている。

蜂の名は「ツマアカスズメバチ」という。

対馬は最高の蜜蜂の生産地として名が通っているが、最近、この蜂の襲来に遭い、在来種の蜂が徹底的な被害をこうむってしまった。しかし現在では、少しずつ復活をみているとか。

問題の蜂の巣を對州書院の裏山で発見したのは、初夏の頃であった。十メートルもあろう楠の頂上近くの枝に、縦長のずんぐりとした大きな蜂の巣が不気味にぶら下がっていた。その丈は一メートルを優に超えていたか。

対馬は台風銀座と言われるように、けたたましい台風が繰り返し襲来し、我が家などはその後始末が大変で、毎回のように庭木はへし折られ、屋根瓦は吹き飛ばされる。この庭によりにもよって、もの好きにも営巣したものだ。必ず通過する台風で吹き飛ばされるわい、とせせら笑いで見上げた。

やがて猛烈な奴がやってきた。

翌朝、満庭狼藉の迹に立ち見定めると、残った葉陰に、蜂の巣が誇らしげにぶら下がっているではないか。

風水は人間どもだけが用いる術ではないぞ、俺たちのほうが上手《じょうて》だ、と嘲笑うようにぶら下がっていた。

数日後、市の処理班に依頼して、大型梯子車を庭に据えて処分した。さすがの蜂どもも近代の重機は予知できず勝てなかったということだ。

恰も重機は蜂たちにとって、人類における核兵器のようなものか。

糸

先にも書いたが、幼少の私は重度の方向音痴であった。戦争のため疎開して東京を離れ、義務教育を終えるまでに四度、転居を余儀なくされた。

その都度、登校の時は何とかなるものの、下校では帰り道が解らず反対の方向をさまよって夕暮れになり、どんなに心細かったことか。

そこで、真剣になって迷わぬ方法を考えついた。

母の裁縫箱の中に、太巻きにした洋裁用のしつけ糸が入っていたので、その糸口を玄関につなぎ、それを引っ張りながら登校してみた。

さて、下校となってその糸を手繰ろうとしても、無いのである。風が吹いたり人が引っかけたりしたのか糸が見当たらないのである。

どんなに当惑したことか。糸を見ると思い出す幼き記憶である。

祟り

曾て日本橋三越本店の美術画廊に於いて、韓国慶尚北道聞慶の観音窯で燔造した作品展を開催するに当り、多くの方々のご助力を仰ぎ、皆さまの御高庇により初回の展観は予想以上の成功をおさめた。

準備に先立って、都下で活躍中のその筋の方々に運営を委ね、先ず窯場の作品を選んでいただくこととなった。その当時、釜山から片道十時間以上かけて聞慶の窯場に辿り着いた。

翌日より五人ばかりで作品の選別にかかり、たくさんの作品の中から選び出した。方々の目にかなわない作品は大工の金槌を使って割るのだが、リーダー格の一人が、「これは面白い。日頃の鬱憤が晴れるわい」と喜んで夢中になって割っておられた。

ところが急に発熱し気分が悪くなり、一同、頭を冷やしたり背中をさすったりするやら大変なことになった。病院とてない深山窮谷でのこと、慌てるのも無理はない。

私は、プロともなると何の躊躇《ためら》いもなく平然と処分できるものだと、その自信のほどを感心して眺めていたが、そうではなかった。不良品、不作品と称する一つ一つの器にも、それぞれの魂が宿っているのだろうことを知らされた出来事であった。

つまり彼は、私の茶碗や徳利に中《あ》てられたのだ。

日頃は豪気な顔をしていても、その実は矢張り人の心の持ち主であったようだ。この方も最近、私よりもお若いが亡くなられたと風のたよりに聞いた。冥福を祈りたい。

展観は意外に盛況であり、当時としてはかなりの高額を売り上げたが、その大半は全員で韓国に旅行して遊興に使われてしまった。

「今、東五に金を持たせると堕落するので渡せない」というのが、その理由であった。私の将来を思っての愛の鞭だったのか。

ずっと経って、銀座で開かれた観世栄夫先生のパーティで彼に久しぶりに会った。彼は私に近づいて来て、「あんた、まだ生きていたか」と言って去っていった。

遠い昔の記憶である。

ピチコ

寓居、加賀日月菴で二歳になる猫を飼っている。名前はピチコと呼ぶベンガルの雌である。彼女は埼玉県から車に乗せられ、宿泊していた都下のホテルオークラの玄関で受け取り、空輪で加賀までやって来た。

私が心筋梗塞で臥した際、世話をかけた人たちに喜んでもらうことが目的であったが、そのためか世話する人以外、殊に私には馴れず、いつも余所余所《よそよそ》しくツンとすましている。容姿は宛《さなが》ら彪《ひょう》のようで野性の血が脈々と生きているようだ。あえて表現すれば、その嬌態は頭の良いマリリン・モンローというところ。

猫の手も借りたい、とは忙殺時の嘆声だが、日月菴は日頃は閑散としているので、ピチコもゆったり寝そべっていると思いきや、さにあらず。ムカデハンターとなって十センチもあろう百足《むかで》を捕《と》まえることに熱中している。

今まで夏がやってくると一番困るのは、百足に噛まれることだ。睡眠中、性悪く床の中までしのび込んでくる始末である。

この前のこと、追い詰めた百足が柱を登り鴨居の角に隠れた時、彼女は近くの私を呼びに来て協力しろといわんばかりの仕草をした。

私は百足の恐ろしさを何回も経験したことがある。中でも対馬の陶房で夜半、横腹を噛まれ、みるみる内に臨月の女性のお腹のように膨れ上がり、茹蛸《ゆでだこ》のような赤色になったことがある。そして数日後、耐えられぬ痒みに閉口した。

思うに、甲斐の雄・武田信玄の旗印が百足であったことも合点がゆく。恐いものの象徴なのだ。

ピチコが思わぬところで盾《たて》となってくれている。

ピチコ、ご苦労さま。

現実如観

最近、最も世界中を困惑させているのは北朝鮮問題であろう。いかにしたら解決の道筋が立つか暗中模索のただ中である。

これは先の見通しを誤り、小国として軽視していたことが第一の要因であろう。その間に北朝鮮は手練手管を弄して、いつの間にか核開発を進行させて、現在に立ち至ったということだ。

しかし考えてみると、これは此方から見た経過であり、彼の国にしては当たり前のことを実行したに過ぎないのだと思う。今でこそ南と北に分かれてしまった朝鮮半島である。韓国側の人たちは北朝鮮のことを以北と呼んでいる。三十八度線から北にあるからだ。

曽て三国、高麗、朝鮮王朝の各時代、文化、経済面で断然優位に立っていたのは、北の側であった。中国と隣接し、文化を直実に享受したことにより、たとえば学問の高度さにおいても、その他あらゆる面で格段の差を誇ったのは、北の方であった。

たとえば、解りやすい説明をすると、歌妓にしても優位を誇ったのは北であった。その頃は国が定めて官妓と呼んだ。詩文、音曲、舞踊、あらゆる教養を修得した女性にのみ授与される位のようなものである。今では想像もつかぬ高度な花巷だったのだ。

無論、政治も経済も北が主権をもっていたのは言うまでもない。こうした経緯を今の人たちは知らないのだ。したがって錯覚も多いだろうし、軽視も免れまい。

我々は、北朝鮮が思いのほか外交に長けて、狡賢く世界を手玉にとって、と驚いているが、その面では能力的にも南との段差が大きかったようだ（この二つを合わせて、朝鮮文化と総称する）。なんとかかんとか誤魔化して時間を稼ぎ、とうとうアメリカまで飛んでゆくミサイルを製造してしまったのだ。「もう少し厳格に対処すべきだった」と悔やんでも、現実はその侭《まま》現実である。


古来東洋では、儒教精神が沁みついていて、親に孝行、君に忠、ということになっている。恐らく、金正恩のおじいさん金日成は覚醒したのであろう。

「我們の住む朝鮮半島は、いつまで外部から侵害され、呻き苦しまなければならないのか。我等も同等に武力・核兵器を有することより他に道は無し」と、悟ったに違いない。その遺志を忠実に守り、世界を晦《くら》ませながら目的達成に近づけたのは金正日であり、更に金正恩が受け継ぎ、ついに成し遂げたのである。

三代に渉ってのこの結束の堅さは、現今の社会では考えられないことである。この一つをとっても、我々がもつ常識理念とは全く違うところに彼らの世界はあるのだ。

私は決して北朝鮮に肩をもって言っているのではない。現実如観。ものは直視しなければ、埃《ほこり》の宿替えもできないと思う。

累卵

私の如き世に疎い者でも、現今の世の動きは否応《いやおう》なしに耳に入ってくる。
この一通の手紙は友人に宛てた返書である。

謹啓上
御芳書、拝読いたしました。現今の世界情勢についての御高見、誠に敬伏の極みです。私もそれなりに考えておりましたが、北朝鮮の核問題について関係諸国にもう少し冷静な分析判断をしてもらいたいものだと願っております。
北朝鮮は当今、核開発の完成を目指し、一方、アメリカ及び周辺諸国は既に核保有国であるのが現実なのです。北朝鮮は日ならずして核保有国となることは明らかです。この日に直面して世界はどんなに狼狽することか、想像に余りあります。
ここに核保有国が核兵器を以て強引な解決を実行した時、世界は滅亡しかありません。結局のところ世界各国は、北朝鮮を核保有国として、事実上認めざるを得ないことになるでしょう。要するに、この時点で、北朝鮮を含む核保有国はお互いに核を共有しているという同等の位置を自覚して、つまり〝ゼロ〟の線上に立つわけであります。

その時初めて人類は「火の用法の発見より、その管理が難しい」という西洋の古い諺の如く、核を保有する各国の理性的な秩序を意識した上で、世界平和は保たれるのではないでしょうか。

しかし、この見解は極めて常識的なものであり、この次に来たる危懼こそ最大の問題なのです。それは、驕り高ぶった指導者と精神異常者的為政者の出現です。ボタン戦争に精神疾患が出会った結末は論を俟《ま》つまでもないことです。この両者が現れるまでは、お互いが恰も火薬庫の中で煙草を吸っている場面と同じく、その危険の度合いを認識することにより、しばしの平和を世界は得られると思うのです。

誠に世界は累卵の危うきに直面しているようです。

斯く論じていきますと、暗闇しか見えないようですが、「生滅の法」これが万物に与えられた宇宙の原則なのです。永遠を希求夢想することが、見当違いに幼稚なことなのだと思います。


貴翰後章に「お互いに健康を維持し、思い通りに暮らしていきたく願います」としたためてありました。けだし、至言でありましょう。

藤野邦夫様

小林東五　具

この手紙を読むと、地球の運命は風前の灯のように悲観的に思えてくるだろうが、万象はもとより、我々人類発生以前、悠久の太古よりすでに背負ってきた生滅の宿命なのである。

万物は恒に変転して寸時もとどまっていない。経文、諸行無常。渾《すべ》てのものは必ず滅する。それが宇宙にも及ぶ大原則として終始、私たちの前にも厳然として立ちはだかっている。この大法則をどのように否定しても足掻《あが》いても、どうにもならぬのであり、その証しは、問うまでもなく先ず、等しく死を約束されていることである。

つまり生も死も暫定の経過ということであろうか。世界人類がこの歴然たる現実を正面から如観した時、この大宇宙の中の一かけらの地球でお互い出会った命の尊さを、共に覚知し大切にしたいと思うことであろう。

宗教も哲学も、臭いバケツの蓋ではない。脳みその体操でもない。この究極を見据えるためにあるのだと思う。

違っていますでしょうか。

鳥籠

いつだったか。こんな話を聞いたことがある。

ある人が、ある男に境界をはっきりさせるために塀を造れと勧めた。

その男は、「俺はこの世の中を全部、我が庭だと思っている。なぜ狭く仕切ってしまうのか」と言って聞き入れなかった。


また、ある出家僧が言った。

「拙僧は妻帯をしていないので、不特定の、世の中の御婦人は総て、我が女房だと思っている。したがって、子供も全部我が子だ。

それゆえ、もしも池の畔《ほとり》で遊んでいた子が数人溺れたとしたら、人は自分の子から救助するが、拙僧は違うのだ」と。


荘子の物語の中に。

一羽の雀が、弓の名手羿《げい》のところに飛んでゆけば、羿は必ずその雀を射落とした。これは羿の高度な技のせいである。

もし、この世の中が一つの鳥籠だと考えるならば、雀は何処にも逃げようがない。凡俗にとっては、この世を一つの鳥籠と思うことである。心さえ広く持てば、万物は自分の所有物だと言える。

乃木将軍

私のおじいさんは、江戸の桃井《もものい》道場の師範代をつとめた剣士だった。腕には自信をもっていたようで、官軍に従い、九州・西南の役の田原坂の激戦に加わった。

その戦いで、乃木希典は指揮官だったが、軍隊の象徴である軍旗を敵方に奪われ、おまけに脚に銃弾を受けてしまった。やむなく乃木は畚《もっこ》に乗って一軍を指揮するのだが、その畚の前を担がされたのが、おじいさんだったのである。

乃木さんは軍旗を奪われて、どうせ軍法会議にかけられ処罰を受ける身。この辺で討死《うちじ》にした方がましだと思ったのであろう、敵弾雨霰と降るただ中を「前へ前へ」と号令をかけるので、あの時は参ったと祖父は語っていたそうだ。

乃木さんは明治天皇の思し召しにより寛大な処遇を受けて、やがて第三軍司令官として旅順を攻略し、後に学習院長を歴任した。明治天皇大葬の当日、自邸で静子夫人とともに殉死した。

乃木希典は長州藩の人だが、質実な人柄で殊に好感のもてる人物である。

〔追記〕「畚」とは、藁縄を網状に編んだものの四隅に吊り紐をつけ、土や肥料を運ぶ道具のこと。昔の運搬用具。

蘭亭叙

蘭亭叙とは、晋の永和九年三月三日、王羲之が会稽山陰に風流高逸の名士四十一名を招いて、觴詠の興を尽くした時の叙文である（曲水の宴と言われる）。

その座で書いたものが会心作で、その後数十回、清書を試みたが、此《こ》れに及ばなかったという。

この蘭亭叙は子孫によって受け継がれ、七代の孫、僧智永（「草書千字文」で名高い）が継ぎ、彼は以来三十年間これを学び、寺から出なかったそうだ。

その後、王羲之の旧宅に寺を移し、やがて示寂したが、弟子の辨才によって寺と蘭亭叙は引き継がれた。

時は貞観の世となって太宗皇帝が蘭亭叙の実在を知り、辨才を都に呼び懇請したが、「今はありません」と云って応ぜず、それを三回くり返したが、ついに首を縦に振らなかった。

太宗は諦めきれず簫翼《しょうよく》という智恵者を辨才のもとに送った。彼は商人の姿に身を変えて辨才の住む寺におもむいた。簫翼は「かいこ」の種《たね》を売る商人だといって辨才に近づき、大いに語り茶を喫し碁まで打って、すっかり親しく振舞ったので辨才も意気投合し、その内、翼は酒肴を調して寺を頻りに訪ねた。

頃合いを見て豫《あらかじ》め準備していた内府蔵の羲之帖を辨才に示したところ、大いに驚いた。それに乗じて翼は盛んにこれを自慢したところ、辨才、釣り込まれて「実は貧僧も負けぬものを持っている」と云い出した。

辨才が「それは蘭亭叙だ」と云えば、「そんなものが此の世の中に残っているはずがない。見る必要も更々ない」と撥ねつけたので、辨才、ついに梁の上から取り出して見せてしまった。

翼は「偽物だ」と吐いて捨てるように云った。辨才は以後、梁上《りょうじょう》の柱の穴に隠さなくなった。

ある日、辨才が檀家に呼ばれて不在の時を見計らい、翼は長安から持ってきた御物と蘭亭叙を持ち出して、都長安へ急送したのだった。

それを知った辨才は卒倒してしまった。太宗は重宝を守ってきたことと老齢を憐れみ、賜金を下された。寺内に三層の宝塔を建てて蘭亭叙を記念し、辨才はやがて静かに世を去った。

蘭亭叙を得た太宗の喜びはただならぬもので、当時の搨本《とうほん》の名手四人に命じて模写を作らせ、皇太子や王子に賜った。我々が今日目にする蘭亭叙は、その搨本が元になっているという。

貞観二十三年、太宗皇帝ついに病みし時、高宗を枕元に呼び、「頼む、蘭亭叙に離れがたし。同葬してくれまいか」と頼んだ。ついに蘭亭叙は、昭陵に入ったのである。

太宗の切なる願いも多少胸を打つが、後世、幾多の批判の声も多いようだ。

この蘭亭叙にまつわるお話は少年の頃に愛読した、当時隠然たる稀代の碩学、角田孤峰先生の御著『書の美と趣味』にあった一篇の記憶である。

一字に窮す

たしか広瀬旭荘《ひろせきょくそう》だったと記憶する。春の琴を詠じた詩中、「湿《しつ》は透《とお》る琴絃の際《さい》」と詠んでいたが「透る、とすると春ではなく梅雨の節《せつ》となる」と憂い、種種《しゅじゅ》に改めて思案した後「湿は及ぶ」という一字を得た。これで旭荘は「初めて春の雨になった」と喜んだという。

まことに当を得たことである。

詩人は「一字に窮す」と古人も嘆息した。拙著『游艸』にも記したが、賈島《かとう》の推敲の故事なども亦《また》、古人の苦心を伝えるに十分である。

ちなみに広瀬旭荘は江戸後期の儒学者、漢詩人。豊後国日田郡、現在の大分県日田市の生まれで、私塾「咸宜園《かんぎえん》」を創立した高名な儒学者広瀬淡窓の弟である。旭荘の詩才は日本の漢詩人のなかでも抜きん出ており、「東国詩人の冠」と称された。

麻姑の手、竹夫人

麻姑《まこ》とは中国に伝えられた女仙の名で、余姑山《よこさん》という仙山にこもって道を極めた古仙と聞く。

爪が殊のほか長く、鳥の足爪に似ていることから、ある人がこれで痒いところを掻いてもらえば、さぞ爽快であろうと考えた。

日本ではよく「孫の手」と思っている人が多いのだが、意味は通じるものの本来は、「麻姑の手」なのだ。背中に届く程度の棒の先を手首の形に作り用いるもので、木や竹や高級品では象牙のものもあるそうだ。私のものは竹である。

ところで、私の寝床には、長さ三尺、径五、六寸の長く編んだ円筒の竹籠が壁にぶら下がっている。これは竹夫人《ちくふじん》といって夏季に涼をとる道具で、暑中抱いて寝る。竹籠とも、抱き籠とも呼ぶ。

私が竹夫人なる用具の名を知ったのは、北宋時代の文人、蘇東坡先生の何とかいう詩からだった。

いかにも優美な呼び名であると思っていたところ、韓国釜山の荒物屋で見つけて買ったのだが、帰路、会う人ごとに「これは何ですか」と聞くので説明しているうちに、何だか恥ずかしくなり、ようやく持ち帰ったものだった。

夏の到来とともに同衾してくれる竹夫人。

「暑いから離れてよ」とも言わず清涼を提供してくださるありがたい御夫人ではある。

大事にしなくては。

陰徳

陰徳《いんとく》という語は古くさい臭いを感じるであろうが、人として人らしく生きてゆく上での大切な行ないだとされている。

「俺は、社会のためにこれだけ役に立っているぞ」「私は斯くの如く各方面に寄附をしています」と声を張り上げて誇り、選挙の票などに替えようとする。これを陽徳という。

陰徳とは人知れず積む徳のことであり、ことの大小を問わず、たとえば道路に落ちている紙屑をそっと拾ってゴミ箱に入れることも即、立派な陰徳なのだ。

車からコーヒーの空き缶を放り投げる人たちは、人ではなく猿以下ということになる。

ある日のこと。スーパーに買い物に行く途中で魚を運搬している人と出会った。彼は車を停めて荷台の鯖《さば》を三尾取り出して「これをあげよう」といった。

私は聞いた。「この鯖は、あなたの鯖か」と。彼は魚の運搬に雇われている人であった。

こんなことは現在の社会では珍しいことではないかもしれぬが、この行為は社会人として断じてやってはいけないルール破りである。このような行為を「不陰徳」という。

「人の牛蒡で法事をする」という諺《ことわざ》があるが、まことに狡猾な人種ではある。

酒の話

二年前に大病を患い、医師より極端に酒量を制限されて無聊《ぶりょう》の日々を送っているが、酒の話は禁じられていないので、心おきなく語ることにしよう。

抑《そもそ》も、酒なるものを初めて造ったのは、左党でもあまり知らないが、杜康《とこう》という人だったそうな。

彼は周代の人。一説に黄帝時代の人ともいう。転じて日本で酒造りを杜氏と呼ぶは、これが元であろうか。

以来、酒を愛し好んだ人は限りなくいるが、今に残る酒好きは枚挙にいとまがない。

劉伶、西晋時代の詩人。竹林七賢の一人で、酒徳頌（酒を讃えて述べる文）の作者。後世の詩人が、「君にすすむ、終日酩酊して酔え、酒は到らず劉伶墳上の土」と詠じたように、稀代の大酒飲みであったようだ。

東晋の陶潜、淵明も大詩人であるが、家が貧しく意のままに酒が飲めぬので、酒に係わる詩をたくさん作り、後の李白などに大きな影響を与えている。

唐の賀知章、張旭、李白、杜甫と数え切れない人たちが酒を愛した。同時代の杜甫が当時の酒友を詠んだ「飲中八仙歌」は、八人の酒仙を列挙して実に楽しく詠じた。
中でも李白の章は、抜きん出ているようだ。

李白一斗詩百篇　　長安市上酒家眠
天子呼来不上船　　自称臣是酒中仙

李白一斗に詩百篇　長安市上の酒家に眠る
天子呼び来たるも舟に上《のぼ》らず　自ら称するは臣是《しんこれ》酒中仙

李白は一斗の酒を飲む間に百篇の詩をたちどころに作る。彼は長安の街中の酒肆で、いつも酔っぱらって眠っている。天子が宮殿に来いと使いを出しても聞こうとはしない。私は酒中の仙人です、と自ら言っている。

李白が一斗の酒を飲む間に、たちどころに百篇の詩を作ったとある表現は、白髪三千丈ではないか。少し大袈裟すぎると思っていたが、当時の一斗が現在の一、九四リットル、約一升であることを知って、納得した。私も若い頃、一升酒を飲んでいたので、その理解が早いのだ。

終わりに恥を忍んで、若かった頃に作った絶句を記そう。

漢陽作

繁華獨抱故園心　城外高樓春易陰
遊子新詩多酒字　十中八九醉餘吟

漢陽の作

繁華　ひとり抱く故園の心　城外の高楼　春陰《かげ》りやすし
遊子の新詩に　酒の字多し　十中八九は酔余の吟

ソウルの繁華街の人波の中に私独り。故郷を思う心を抱きながらゆく。街はずれの高楼に上れば、春の季候は曇りやすく遠目《えんもく》も侭ならぬ。遊子《たびびと》の私の新しい詩に酒の字が多いのは、十詩の中、八、九首までが酔ったついでに作った詩だからだ。

（自訳）

敦煌とルオー

曽て、佛教遺蹟を訪ねる旅に参加して、西安の空海ゆかりの青龍寺、黄河北岸の小積石山炳霊寺《へいれいじ》石窟を経て、ようやく敦煌に入った。

敦煌莫高窟といえば鳴沙山《めいさざん》に大石窟があり、世界的遺産として莫高窟の名で知られている。

イギリスの探検家スタインによって一九〇八年、発見されたと聞く。この石窟は総数四百九十窟に及ぶとも聞いた。

私たち一行は、その一部の石窟を巡拝したのだが、六朝から唐末、五代にかけて造営された大石窟千佛洞の内部は、立像も壁画も、当時は極彩色であったのだろうに、長い歳月の経過によって褪色、剥落し、一段と荘厳さを増していた。

順次案内されて、何号窟か失念したが礚《はた》と驚いた。

窟内の天井と壁間の区切りの箇所に横列する黒色の太い輪郭線が施された千佛を見た。その佛たちは、恰《あたか》も、ルオー（一八七一～一九五八）のキリスト像を髣髴とさせるものであった。

管見では、恐らくルオーはスタインの探検記録に接したのであろう。ルオーは早年、ステンドグラスの職人であったことも輪郭線にその影響が見られるが、この千佛の重厚な線質のもつ崇高さを、キリストにダブらせたのではなかろうか。

それはギリシャ彫刻がガンダーラの佛像にのり移ったように、佛がイエスに。

蚊と蠅

蚊や蠅は嫌われものの代表のようだ。

中国では昔、蠅もたからぬような不味《まず》いものなど食えるか、と言っていたとか。また、街頭賭博が始まると各々が饅頭を並べて、一番先に蠅がとまった饅頭の主が勝ち、という愉快な話も聞いた。

若い頃、とても目にかけてくださったある御大人《おだいじん》から聞いた話である。この方は支那事変当時、獣医師として従軍されていたのだが、野戦の常識として、のどが渇いても「ボウフラ」の泳いでいない水は飲むな、との訓示があったそうだ。

実に的確な判断だと思う。

有害物質の混入した水には「ボウフラ」は生存できないからだ。

これも亦《また》、最近聞いた話だが、回虫を腸内に繁殖させてダイエットをしている御婦人もいるという。回虫に働かせようとの発想である。われわれは虫に、殊に害虫に対して一方通行の考え方しかできないようだが、ちょっと待てよ。

とんだところで、嫌われものが役に立つ。

韓国の昔ばなし

一

むかしむかし、ある村里に仲のよい夫婦が暮らしていました。殊にその夫は、並外れた女房思いでした。

勤勉な女房は、凍てつくような冬の日でも、川に洗濯に行くのだが、夫は冷たい思いをする女房が可哀そうでならなかった。

そこで夫は、女房が洗濯を終えるまで、小川に足をひたして凍えを共にしたそうだ。

二

ある村で、最近牛が盗まれて農夫たちは困り果てていた。

どうも「あやつ」が犯人だと、うすうす解っていても誰も言い出すこともできず、証拠になる牛も無論見つからない。

その内、とうとうその男が捕まった。裁きの長《おさ》に彼はこう言ったそうだ。

「だんな、道路を歩いていたら縄が落ちていたので、俺は拾っただけです。

その先に、牛がついていましただ」

三

ある村に二人の若い農夫がいた。それはそれは仲が良く、小さい頃から何をするのも一緒だった。

ある夕暮れのこと。二人は仕事を終えて牛に乗り、ゆらりゆらりと隣り村に濁酒（どぶろく）を飲みに行った。二人は陶然と酔って帰途についた。

ところが、相互が牛を乗り違えたことに気がつかず、牛はそれぞれ迷うことなく家路をたどった。

家に着くと女房は、もう寝ていた。彼はその侭《まま》その寝床にもぐり込んだが、どうも勝手が違うので、おかしいと気がついた。

それはチングの女房であった。

あとのことは聞かなんだ。

菜っ葉の話

少年の頃、村のお寺の和尚さんが話してくださったお話に。

昔、中国でのこと。ある雲水（修行僧）が師を求めて千山万水を巡錫《じゅんしゃく》していた。その途、高徳が居《おわ》すと聞き、尋ねるべく渓に沿って通ずる小径を辿《たど》った。

その時、一枚の菜っ葉が上《かみ》から流れてきた。それを見て雲水は、尋ねるに足らずと来た道を引き返した。

踵《きびす》を返そうとした時、小僧らしき児が一枚の菜っ葉を追いかけて息せき切って渓を下って来た。それを見て雲水は高徳に相見《しょうけん》を得たとのこと。

もう一つ、この前ある本で読んだが、小僧が菜っ葉を追いかけてきた場面がなかった。雲水はその侭《まま》、山を下った、とあった。

どちらの話が深いか。私は小僧が追いかけて来たほうをとるのだが。

塞翁馬

昔、よく使われた故事に「人間万事塞翁馬」というのがあるが、近ごろではめったに聞かなくなった。人間の幸、不幸は、千変万化するもので、一概にその場で悲しんだり喜んだりすべきではないという譬えである。

ある時、北阪の塞《とりで》の辺りに住んでいた老人の馬が逃げてしまい、大いに嘆いていたが、突然、胡《えびす》の良馬を連れて帰って来た。息子が喜んで乗ったら落馬してしまい、脚《あし》が使いものにならなくなり、そのお蔭で徴兵を免れたというお話。

この数日前、自宅の寝室で脚下《あしもと》が狂い、横の卓子の角で脇腹をしたたか打って目が飛び出るほど痛かったのだが、酔っているはずみで眠ったが、その晩は何回か目が覚め、やっと朝を迎えた。

二、三日経っても痛みが治まらない。体を動かすと、打ったあたりがコトコトと小さな音をたてるので医師の診察を受けた。肋骨が三本折れているといわれ、なるほどと納得した。

ところが、それからが特筆すべきなのである。

ここ最近、極端に全身がだるく、何をするにも億劫なので、全身まで診てもらった。此《こ》れといった原因も見当たらず、老人特有の怠惰だと自責していた矢先、そのだるさが今回の打撲骨折により途端に解消したのだった。

なんでそうなったか解らないが、周囲の人たちに私は言った、
人間万事塞翁が馬と。

塩

木曾義仲（源義仲）が軍を挙げて上洛した際、都の公家たちが大歓待をせねばと珍羞《ちんしゅう》をそろえ、美女をはべらせ、大酒宴を開いたそうだ。

ところが、義仲は席上で膳を足で蹴り飛ばし、憤怒の相でこう言った。

「こんな塩の入っていない食物を出すとは何事だ。ばかにするのもいい加減にしろ」と、公家たちを睨みつけた。

義仲は木曽を出て重なる戦いに明け暮れ、重たい鎧《よろい》を身にまとい、馬に鞭打ち、汗だくになって京に上って来た。公家たちは日頃、箸《はし》と短冊しか持っていないので、塩分の量が格段に違うのは当然のことである。その時、お膳の係りがそれを余知していれば、このような場面はなかったのだろう。

私はかつて名料理人から聞いた。

塩気のあまいものを出すことは恥にならぬが、辛い物はだめだと。言わば相手を見ろということか。

郭公

郭公といえば、静寂な山間林野に、寂びた声で「カッコウ」と啼く鳥だが、この鳥、意外に恐るべき魔性をもっていることを知った。

つまり、こういう生態なのである。

夏鳥で、四月の繁殖期から十月頃まで、北海道から本州、四国、九州の各地に棲息し、繁殖期に雄が「カッコウ」と啼く。

この鳥、営巣せず托卵する習性をもつ鳥として知られる。托卵とは、他の鳥の巣に卵を産んで飛び去り、後はその巣の鳥に育てさせるという、極めて狡猾な鳥で、しかも我が子に非情なのである。モズやオオヨシキリなどの巣に産卵するのだが、無論その巣には、既に卵があり、そこを目がけて産み落とすのである。

その巣の主は自分の卵と思い、懸命に温めるのであるが、先に郭公の雛が生まれ出て、まだ生まれていない主鳥《ぬしどり》の卵を巣から落とすのだという。

郭公の雛の背から腰の部分が平たくなっているのは、卵を巣から落としやすいように進化したものとか。

つまり、巣の主は自分の雛だと思い込んで餌を運んで育てるのだが、その雛は何ぞ知らん、我が子を殺した加害者なのだ。何と無情な自然の営みであろうか。と言っても郭公だけではない。我が子を殺したり便所に捨てたりする人間の母もいる。

ある御婦人

ずっと昔のこと。友人に、酒は思いきり飲めるし、肴は活きた鯛が出るし、温泉は溢れているところがあるので行こうと誘われた。

そこは中国山脈の奥深いところにあった。ここの経営者の方は、その頃三十前後のすらりとした怜悧な御婦人だった。

さて酒席が開かれた。まだ新築に近い建物の中で、まさに鯛の尾頭つきが出てきた。酒は西條の加茂鶴で、言うことなしの歓待であった。それから何回か味をしめて訪ねたが、一つだけ困ったことがあった。

そこの女将は極端な知識欲の持ち主で、次から次へと質問攻めに遭うのだ。それが広範囲に渉る問いで、白々と夜が明けるのもお構いなし。つくづくこれには閉口した。すっかり骨を抜かれたようになって眠るのも束の間、朝からまた夕べの続きが始まるのである。

実に稀にみる御婦人であった。

ずい分、味のある面白いお話も聞いた。

今でも思い出すと感動と笑いがこみ上げてくるお話をしましょう。

「私はこの前、主人と喧嘩をして離婚しようと決意しました。さて決行となり、肩のカバンに貯金通帳、右と左の手で子供二人を引き連れて家を出ましたところ、主人が追い駆けて来ました。

私は主人に言いました。『私の背中ならまだ空いています』と」

何という心温かいお話でしょうか。この方ももう、かれこれお歳です。今も仲良く暮らしておられるそうです。この前、久しぶりにお手紙をいただきました。

嫁いびり

この前、面白いが深刻な話を聞かせてくれた人がいた。

町の介護タクシー運転手が、「利用していただくことはありがたいのだが、只《ただ》一つ堪《たま》らないのは乗車した瞬間からお婆ちゃんが嫁の悪口を始めることだ」と。二、三人相乗りをして病院や施設に通うのだが、うちの嫁は今日も飯を食わせなかったとか、風呂も先に入るとか、朝寝をするとか、そんな話が下車するまで続くのだそうだ。往復、連続となると耐えられない思いがすると、運転手さんが話したそうだ。

昔から例外はあるが、お婆さんは悪い側に回されることが多いようだ。舌切り雀のお婆さん、三途の川で着衣を剥ぎ取る奪衣婆などである。

それに比べて爺さんの方は、その反対が多い。三途の川でも婆が無慈悲に剥ぎ取った着物をたたみ納めるのは爺さんの係りとか。どうも三途の川あたりも嬶《かかあ》天下のようだ。

介護タクシーのこの話も、全部が全部お婆さんがこんなだと言っているのではない。嫁に息子を取られて寂しい心持ちは分かりますが、どうか嫁いびりの話だけは控えたほうがよいかと思うのです、と。将来、お線香もあげてもらえなくなりますよね。

竹

竹といえば、「竹に上下の節あり」「玉竹三竿　多きをもちいず」とか、古来頻《しき》りに讃えられている植物の一つである。また、歳寒の三友、四君子の一つに数えられている。真っ直ぐ天に向かって伸びること、常緑であること、節があることなど、その形態は当然の評価であろう。

だが、古今を問わず竹の根方の正体については、あまり語られていないようだ。

竹藪の土を掘ってみてください。

これだけ複雑に絡みついた根は滅多《めった》にない。少しの隙間でも、どんどん根を張り出すのだ。

昔の人は地震の際は「竹藪に逃げろ」と言っていたが、由《ゆえ》あることである。あの素直に伸びた竹幹の下に、似ても似つかぬ複雑な根が蔓延《はびこ》っていようとは。

按ずるに竹を君子に喩える由縁は、その両局面を具有しているからではないだろうか。

例えば根方を、克己復礼、求道の精神に見做《みな》せばどうであろう。それとも根幹を総じて竹そのものを、社会の善悪を知り尽くした偉大な人間像としたらどうだろうか。

孔子のような人物である。

孔子さまは悪いことをするなと生涯説かれたが、悪いことをよく知っておられた。悪事とは何かを知らずして悪いことをするなと教えられたとすれば、それは虚偽の言ではないだろうか。

知黒守白。黒を知りて白を守る。

盗跖

中国・春秋時代、魯の人とも黄帝時代の人ともいう。多くの手下を従えて、各地を荒し回ったと伝わる大盗賊。その名も盗跖《とうせき》という親分に、その子分が「盗みにも『道』がありますか」と問うた。盗跖は即座に答えた。「当然『道』は自ずからあるものだ」と。

蔵に入って何が納められているかを的確に把握することが聖（それ妄《みだ》りに室中の蔵を意うは聖なり）

押し入る時、先頭に立つは勇（先に入るは勇なり）

出る時にしんがりを務めるは義（後に出ずるは義なり）

状況を明確に判断するのが知（可否を知るは知なり）

分け前を公平にするのが仁（分つこと均しきは仁なり）

荘子外篇に見える一章である。盗人にも三分の理ありというが、実にみごとな言い分ではないか。

諸行無常

今さらながら最近、深く心に沁みる経文がある。

諸行無常　是生滅法　生滅滅已　寂滅為楽　（涅槃経）

誰でも知っていることながら、釈迦が過去世に於いて雪山童子《せっせん》として修行中、羅刹に姿を変えた帝釈天からこの偈の前半二行を聞いて、その後半を問うために我が身を捨てたという。

いろは歌は、この偈の意を詠んだものと聞く。また法隆寺の玉虫厨子にその話が図説きされているのは、あまねく知られるところである。

前二句は、すべて萬物が移ろっていく現象は避けられぬ大前提であると説いているようだ。これぞ、一切を受け止める大諦観ではあるまいか。生滅滅已にはじまる後の八文字は、大悟徹底につながる見性の世界で、我々には到底窺い知れぬところであり、求めない方が相応であろう。

見渡せば、雅俗賢愚、貴賤貧富、それぞれ参差《しんし》としてあるが、死に於《お》いては渾《すべ》て平等なのだ。人間は云うに及ばず、押し靡《な》べて総ての物が透過しなければならぬ関門なのだ。

広義に言えば微生物も微粒子も此《こ》の移ろいの中に含まれている。況《いわ》んや宇宙も如《しか》りであろう。

鎗とスマホ

お姉さまと呼んでいる近しいお方、三歳上の篆刻家、小田玉瑛女史が年末、東京から加賀の病褥を見舞ってくださった折の談余。

「うちの山田さんが、東五さんでも携帯からメールが送れるのに、玉瑛先生はなんで操作が覚えられないのですか」と、さも怪訝《けげん》そうに問われたそうだ。

山田さんはなかなか活発で怜悧な女性で、玉瑛女史のマネージャー役をこなしている人だが、女史にとってはなくてはならぬお人のように見受ける。

私は「東五さんでも」の「でも」の表現に苦笑したのだが、つまり、山田さんの眼からは、私は恰《あたか》も古代化石のように映るのではないかと思ったからだ。

これまで「あんた、携帯が使えるのか」と不思議そうな顔をした人を何度も見たが、要するに、私は極めて時代遅れの人間のような印象なのだと無理に納得していた。

ある日、對州書院執事木寺君が私を同乗させて運転中に、「まあ聞いてください。今朝のテレビで、ニューギニア奥地の原住民の男が裸でジャングルの中を、それぞれ右手に鎗、左手にスマホを持って狩りをしていました」と話してくれた。

余桃の罪

ずい分昔の、中国でのお話。

ある国の王子と、身分は低いが、とても仲の良い男との組み合わせの二人がいた。両人は何時も行動を共にしていた。

ある時、山の中で男は桃を見つけたので、先ず齧《かじ》って試食したところ、殊のほか美味だったので王子に勧めた。王子は感激して、「お前は自分が食べたいところをよくぞ私にくれたものだ」と彼を嘉《よみ》した。

また、母親の危篤を知ったこの男が、厳禁であった宮府の馬車を出して駆けつけた時も、「お前はおのれの身を顧みず、禁を犯してまでも母に尽くした」と、その孝行を絶賞した。

そして歳月は流れて。何時の間にか周囲の臣からの讒言《ざんげん》を受け、親友だったその王もついに唆《そそのか》され、男は法庭に引っ張り出された。「お前は、こともあろうに王に喰い残しの桃を食わせ、身分も弁《わきま》えず王の馬車を勝手に使い、碌《ろく》でもない母親の死に目に赴《おもむ》いた」との罪科によって処刑されてしまった。

用心、用心。今の社会でもよく似た話を耳にする。あなたの上司は、どうですか。

魔物の冤罪

人類は、有史以前より数えきれないほどの大事に直面したことであろう。近代では、顕微鏡の発明、原子力の発見、ゲノムの解明等、それらに当るものではなかろうか。ゲノムの研究などは今世紀に始まったばかりで、将来どのように解明、活用されてゆくのか想像もつかないと聞く。これらを扱う人間の能力がついてゆけないところまで行ってしまいそうである。

現に原子力、核の問題は既に世界を窮地に追い込み迷走しているありさまだ。

爾来、人類は魔や疫病神を忌み嫌っていた。対処困難な凶事は概《おおむ》ね、それらの仕業として退散祈願が重要な行事であった。

しかし顕微鏡の出現により、悪魔らの正体は大半が病原菌であることを人類は知り、以後、医学は急速な発達をし、無数の病は対処により極端に減少したのだ。

言ってみれば疫病神や悪魔は冤罪を受けていたわけだ。安倍晴明《あべのせいめい》あたりに顕微鏡をのぞかせたら、どんな顔をしただろうか。

清貧

この世の中には、貧乏神という嫌われ神がいる。ちょっとやそっとでは退散しない困った神さまだ。この神さまと、すっきりとお付き合いをしている人を、古今稀ながら知る。清貧《せいひん》の人である。貧には清と濁があり清貧の人は極めて少ないようだ。清貧とは、黒を知り、白を守る精神の現れであろう。この境涯の中には楽しさが溢《み》ちているという。近世では、良寛禅師などは最も清標として仰ぐお方であろう。

焚くほどは風が持てくる落葉かな

世には大学者と尊ばれる方々がたくさんおられる。文学や智識を、例えば完熟した水蜜《すいみつ》桃《とう》のように、豊かにたくわえている人の詩が必ずしも秀でているとは限らない。「詩は志をいう」とあるが、これらの学者はお金の使い道を知らない資産家に似ている。生きていないのである。面白くも何ともないのだ。

その逆に、一例を挙げると、幕末の高杉東行（晋作）などは、松下村塾で僅かな時期を勉学し、世に出でて奇策縦横を以て鳴り、二十七歳の短い生涯を閉じた人だが、彼は己の文字を最大限に活用して溌剌とした生きた詩の世界を展開している。

重ねて二人の婦人を例にとってみよう。

一人の奥さんは来客があると聞くと、すぐデパ地下か市場にかけ込んで、手当たり次第に食品を買って来て仰山《ぎょうさん》余らせ、冷蔵庫に詰め込み、数日経つと残飯入れに投げ捨ててしまう。

もう一人のおかみさんは、先ず買い物の前に冷蔵庫の品物を見て重複を避け、家計相応の浪費のない購入をして帰る。そして手順よくすっきりとしたお膳を調えて来客を遇する。

個性

よく聞く言葉に、個性を活かそうというのがある。個性とは生来具《そな》わった各人の特性であるが、この本性はなかなか掴みにくいものである。表に現れている個性らしきものは概《おおむ》ね、錯覚によるものが多いようだ。

個性とは否定し尽くしてもなお残る不撓《ふとう》なものを指しているのであって、俄《にわ》かに思いこむこととは違うのだ。

一例をあげてみよう。

とある家の娘がピアノを買ってくれ、と強請《ねだ》ると親は、ひょっとすると天才ピアニストに育つのではあるまいかと、直ぐ大枚をはたいて買ってやる。そのピアノは、やがて塵《ちり》をかぶり一家の邪魔ものとなり果てて家人を窮屈にするだけだ。

絵が好きだと駄々を捏《こ》ねて財産を擲《なげう》ちパリに留学させたが、やがて中年に及んでも芽が出ないので郷里に帰り、学校の先生になった。その息子に、過重をかけた親御さんの落胆ぶりを思うにつけても胸が塞がれ痛くなるのだ。

私も作陶の時代、随分の人たちに私の知っていること、技を惜しみなく教えたが、その大半は途中で腰を折ったり、中途半端な自己満足の結末であった。

要するに自己の特性を勘違いしているのだと思う。

大自然は、人間は無論のこと、総ての生きものに知恵と徳相を与えて此の世に送り込んでいるという。その与えられた特性の外に向かって行進している人が多いのだ。

そういう私も幾多の経《へ》めぐりを重ねて漸《ようや》くたどり着いたこの道だったが、幸運にも聊《いささ》か適切であったようだ。

これは独白なり。

河豚中毒

若い頃、河豚《ふぐ》中毒に罹り、冥府の手前まで行ったが追い返された。窯場の前の海に藻河《もふ》豚《ぐ》と言う名の小ぶりの河豚がたくさん泳いでいたので、それを自分で料理して酒肴とした。曽て岩国在住当時、河豚料理の講習が保健所主催であり、それを受けると河豚を取り扱う免許証が取得できた。私も受講していたが、真《ま》河豚が対象であった。

藻河豚の皮に毒があることを知らず、鍋で煮たのだ。その頃の弟子やお手伝いに、他の人の扱った河豚は絶対に食べぬこと、私のは安全だからと勧めたが、みんな恐ろしがって一口も食べなかった。

私だけが腹いっぱい食らい、酔って床に入ると口の周辺が痺れてきて、起き上がろうとしても濡れ雑巾が立たぬようにヘナヘナとしてしまう。

ようやくボケた頭で河豚に中《あた》ったことに気がつき、吐こうと咽《のど》に無理やり手を突っ込んだが駄目だった。思考力も微《かす》かな頭で、「今から病院に担ぎ込まれても当直医師もいるか否か不明で、せいぜい廊下に寝かされて死ぬより、この寝床のほうがましだ」と思った。

その内、意識が不明になったようだ。

翌朝八時頃、窓に差し込む強烈な朝の光に目を開けて昨夜を思い出し、親しい河豚料理屋の女将《おかみ》に、たどたどしく電話をかけた。女将は「何時ごろ食べたか」と聞いた。「八時頃だった」と答えると、「もう大丈夫だ」と言ってくれた。

兎にも角にも、危ういところを命拾いしたのだった。

明治の頃、天田愚庵とおっしゃる方が、『東海遊侠傳』なる著書を残しておられる。清水次郎長のことなどが主だが、愚庵は若年、清水次郎長の養子になったことがあったようだ。中年に及び禅の道に入り斯界を圧倒させた。彼の『東海遊侠傳』の中に豚松という子分が出てくるが、河豚を食って中《あた》った。

昔は、河豚中毒の療治として首だけ出して土中に埋めて、人糞を食わせたようだ。豚松は仕方なく「なるべくきれいなところを食わしてくれ」と言った。

豚松は、広沢虎造の浪曲に登場する森の石松のことのようだ。

鐵彩白象嵌雲鶴文梅瓶

観音里

三年前だったか、久方にて韓国慶尚北道聞慶市、観音里を訪ねた。観音里には李朝期より唯一つ残った陶窯があり、国の有形文化財に指定され、大切に保存されている。

私が寓《ぐう》した頃の観音里は隔絶した陸の孤島のように人里離れた邑《むら》だったが、今では市政が敷かれ高速道路がソウルに向かってつき、観光客も頻繁にやって来るほどの変わりようである。昔は鳥しか通えぬとて鳥嶺《じょりょう》の名が残り、聞慶アリランとも呼ばれていた。かの哀愁を帯びた歌は今に伝わる。

数十年も昔、古窯を巡り、ついに辿り着いた観音里は、観音窯を中心に星散する数戸の小集落であった。閭門《りょもん》には老松の根が龍のように路面を這っていた。

実に貧しい村里で民家は無論藁葺《わらぶき》で、家族の寝る部屋と炊事場、牛小屋くらいのもので、そこに親子五、六人が暮らしているという、質素極まりのない生活ぶりであった。調度品とて無く夜具と子どもの勉強机、おかみさんの洗面道具くらいのもので、あとは釜、茶碗、箸、匙だけである。これで生活が送れるものかと疑うほどであった。

当時、観音里の人たちには窯で必要な水汲みや胎土作り、薪割りなどを分担してもらっていたが、その頃は動乱の後で森林は焼け跡となり果て、燃料の薪集めには苦労したものだった。国の施策の一つとして絶対緑化を進めており、森林伐採は厳刑に処せられるというただ中で、多量の薪を燃やすことは至難であった。警察官に薪を運ぶ際、見て見ぬ振りをしてもらったことも屡《しばしば》だった。

日本の知友から掻き集めた金を携えて来て、観音里の人たちにはできる限りの謝礼をしていたが、その当時、私は経済的に侭《まま》ならず四苦八苦していた。ひたすら粉青砂器（三嶋手）の再現に終始し、窯出ししたものを検討しては、全部、前の谷川に遺棄するという日々だった。チゲ、日本では「おいのこ」で運んでゆき、ガチャガチャと谷に落ちてゆく音を何度聞いたことだろうか。

ある日のこと。予定の時刻がきても里人が集まっていないので、窯主の金さんに聞いてみたら、「あの日本人《イルボンサラム》は、何のために陶磁器を焼いているのか知らないが、窯から出てきた全部を谷に捨ててしまう。私たちは賃金を貰って働いているので、それで良いようなものだが、何とも空しい気持ちになる。お金はもう要らない、やめた」との理由だった。

私は里人を集めて、豚を一頭屠《おと》して濁酒をふるまった。彼らは私が求めているものが何か知らないし、器は水が漏らなければ全部完成品だと思っているので、無理のないことだった。そして以後は、そっと里人の目を避けて、自分で谷に運び捨てることにした。

私は、彼らが当時お金だけが優先する窮迫の中にあって、人としての心を持ち続けていることに敬意と親愛の情を深めた。

遠い昔の思い出の一つである。

余喘

動物、人間も含めて、心臓の鼓動は一生の内に十九億回だという。ねずみ二年で十九億回、猫二十年、象が七十年だと聞いた。人間は現在、平均年齢が長《の》びて百歳はザラにいると言う。往時は医術の未開発、食糧の欠乏等が、その短命の原因であった。今では特殊な環境を除いて豊かな生活を送っている。何よりの証拠、街のホームレスは大半、糖尿病患者だそうな。生活保護者がタクシーに乗ってパチンコに通う時代、福祉ほど難しい行政はあるまい。

キリストは「人はパンのみによりて生きる者にあらず」と説かれたそうだ。人は衣、食、住だけが足りても、それだけでは生きてゆけないとは、それ以外に精神的に求めているものが多いからだ。世界的に見て一番の福祉国、ノルウェーは老人の自殺が特別多いということも頷けるところである。

私も今年八十七歳。いよいよ余喘《よぜん》、虫の息であるが、ただ生きているだけの人間にはなりたくないものだ。いつまでも感動を伴った余生でありたいと願う昨今である。

花屋の桃子

客人を迎えるに当たり、心得べきことは、先ず総てに重複がないかを詳細に点検することだ。献立も、いろいろ陳《なら》べたら良いというものではない。

馳走とは、「はしる、はしる」と読めるが、走り回って手当たり次第持ち込んでその品を供するのではなく、献立全体に相応しいものを探し求める心。それが馳走の意味だと解している。

畏友、辻留の辻義一さんが曽て語っておられたが、「料理とは全部食べて、ああ美味しかったと思っていただけるようなものでなければ駄目です」と。

お花でも、あっちこっち活けまくって得意がっているが、お花の共倒れである。大徳寺如意庵の大亀御老師が「俺が一番嫌いなことは、便所に花が活けてあることだ。花が可哀そうではないか」と談余、おっしゃっていたことを思い出す。

千利休居士は、太閤殿下が朝顔が見たいと所望されたところ、庭にたくさん咲いた花を残らず摘んでしまい、一花だけを床に活けて迎えたと聞いたことがある。少々極端なようだが、その心は読めるような気がするのだ。

昔、ある友人が酔ったついでに話してくれたが、「先日、見たこともないような美人に出逢った。その女性は桃子という花屋を営んでいると聞いた。近く招きがあったので訪ねてみよう」というのだ。それから数日後また彼と飲んだのだが、彼の報告が奮っていた。「店を探し当てて彼女に会った。そこの店員は五人居たが、おしなべて粒をそろえて不美人ぞろいで、桃子だけが光っていた」と。

する。是非《ぜひ》賞味あれ」と認めてあった。

またある時の電話での話。

「東五さん、昨日、ある出版社から講演の依頼があった。大勢が集まっていたが、さながら淫売窟の中でバイブルを読み聞かせたような気分だった。何しろ全く通じない。今の出版界の奴らは話にならぬ」と、嘆いていた。

彼との交友の中で一つ困ったことがある。所かまわず露骨な猥談を始めることである。ご本人は平然と臆することもないのだが、私は居たたまれなく閉口してしまうのだ。

私と同年だからそろそろ弱ってきてやめるだろう、が。

加賀千代女

女流俳人加賀の千代女は、石川県松任《まっとう》市の人で、後年仏門に入り素園と称した。千代尼句集『松の声』が残っている。一七〇三～一七七五年。

不肖《ふしょう》は俳句について蕉翁に少なからず憧れを持っているものの、単なるもの好きの域を出ないと自身思っている。ただ芭蕉の句は、中国古典詩（漢詩）より換骨奪胎《かんこつだったい》されたものも多いことだけは、夙《つと》より感じている。

さて千代女の句にあって感じたことは、じつに温かく清く美しいことである。

誰でも知っている「朝顔やつるべとられてもらい水」もすばらしい句には違いない。朝顔の美しさをたたえ、思いやる心が静かに盈溢《えいいつ》しているではないか。

うろ覚えで申し訳ないが、千代女の句に「破る子のなくて障子の寒さかな」とある。千代女は幼い男の子を亡くした。なんと美しく悲しい句ではあるまいか。

また一句。「起きて見つ寝て見つ蚊帳の広さかな」

主人に先立たれた孤独な思いにじっと耐えて、共寝していた蚊帳の虚ろな広さをただ詠んでいる。

この句はじつは元禄時代に浮橋という遊女が詠んだ句のようだが、若くして夫に先立たれた千代女の哀切にじむ句として、あまりに有名になってしまった。

また一句。「蜻蛉《とんぼ》釣り今日はどこまで行ったやら」

これも亡くした子を憶う切々とした情が迫ってくるではないか。


こんな話もあったらしい。

ある句会に千代女が出席することになった。あのような美しい句を作る女性はさぞや美形であろうと、みな期待を膨らましていた。そこに現れたのは、意外に肥地のいかつい女性だった。

そこである男性俳人が、「炎天に火を吹きそうな鬼瓦」と呈句した。千代女は悪びれもせず句を返した。

「ひと抱えあれど柳は柳かな」

八十四歳を迎えて、対馬の生活に限界を感じ加賀に移った。

きっと松任の千代女の遺跡を訪ねようと願っている。

さてさて

認知症は現在一番嫌悪されている病気だが、この病は生物本来の生理的な順応とは言えまいか。

修養を積んで精神的にしっかりしている人は、認知症には罹らぬと聞くが、たとえば禅僧で見性された方々の中にも、例外なくおられることは事実のようだ。

現実、何も感ぜず過去とも未来とも絶縁されたその御老人の温厚な笑顔を見て、私は考える。自然に枯木のように朽ちて大地に帰ってゆく老人にとって、認知症は天の慈恵ではあるまいか。

認知症にだけは罹るまいと願っている人は多いようだが、果たして侭《まま》ならぬこの世の中、「当てごとと褌《ふんどし》は前からはずれる」とか申します。さてさて。

家犬崑崙再び

家犬崑崙《こんろん》のことは前にも書いたが、何回書いても思いは尽きない。崑崙は雄の柴で親は由緒正しく、名古屋の飼育家より譲り受けた。空路はるばる、国境の島対馬にやって来た。

今でもその時つけていたリードが柱に掛けてある。ケースも残してある。

崑崙は短い十二年の寿命であったが、癌に罹って間もなく死亡した。生きている間はなかなかの悪で、度々脱走しては集落をうろつき回り、周囲から白い眼で見られていた。車を追いかけて吠えるやら、子供に噛みつくやら、いつも苦情が絶えなかった。時には警察署から注意を受けたり、役場に呼び出されて叱られたり、実に対処に困ることの連続であった。

庭を囲む土塀は飛び越せないが、裏山にめぐらされた鹿除けの網をかいくぐって脱走する悪知恵が抜群であった。いつも知らぬうちに脱走するのだが、その都度、苦情がまい込み、ビールのケースを持って執事がおことわりを言って回っていた。

散歩は私の運動を兼ねた日課で、海岸沿いを歩く毎日であった。冬期の猛烈な風に吹き飛ばされそうになっても、崑崙は斜めになって歩いていた。天候の良い日は、春には椿や山桜をながめ、秋には楓柏の紅《くれない》を賞しながらの往還であった。

私は前を歩く崑崙の丸く巻いた尻尾を見ながら、よく話しかけていた。

「お前は俺より先に死ねよ。お前のような札つきはその酬《むく》いがきて、追い回され殴り殺されるのが落ちだ。だから俺よりも先に死ね」と言って聞かせていた。

四年ほど前の年末、私は心筋梗塞を患い、金沢医科大病院に入院を余儀なくされた。その留守中、崑崙は癌と診断され、入院一ヶ月余りで死亡した。私の助手を務めている公也《きみや》君は崑崙を殊のほか可愛がっていた。一番よくなついていて、いつもまとわりついていた。医師が「もう一日くらいだろう」との知らせを受けて、公也君は最後の別れにと崑崙を見舞った。

ところが、どうしたことかいつもと違い、公也君を見ても嬉しそうな素振りをしない。妙に思って横を見たら、雌犬が檻《おり》の中に入っていた。

公也君は「崑崙のやつめ、死ぬ間際まで思いを貫きおった」と、私の顔をじっと見つめながら呟《つぶや》いた。

断わりの話

對州窯の作陶が忙しい頃のこと。九州の名刹禅寺の方から電話がかかってきた。京都のある本山の管長さまが今九州にご来錫《らいしゃく》中で、これから対馬を訪ねたいとおっしゃるので、よろしく計らいくださいませんか、との内容であった。

この本山は、茶の湯と係わりをもつ巨刹で、当時も管長さまと言えば天上の星みたいなお方だった。

しかし私は、お断わりをした。というのも、貴人を迎えるにはそれ相当の準備をするのが礼であろうと思ったからだ。

「今日突然では無理というものです」と鄭重にお断わり申し上げると、「うれしくないのか、管長猊下がわざわざ訪ねられるというのに」と語気を荒げておっしゃった。

「たとえお釈迦さまがおっしゃってもお断わりします」とお返事をして、電話をお切りした。

未だにどちらが良かったのか、わからない。

筍

今年もまた筍の季節がやってきた。

山椒も芽吹き始めた。

朝掘りの筍をすぐ湯掻《ゆが》いて、水晶のような輝きの塩をそっと添えて食う筍は、また格別の味がする。

いろいろ手を加えるのも良いが、本来の味を賞でるには、これに勝る食《しょく》し方はないようだ。

宋代の文人蘇軾《そしょく》、東坡《とうば》居士は筍を最も好まれ、文集中、筍に及ぶ章も多く残されている。東坡先生は竹藪に火を点けて、土の中の筍がほど好く焼けるのを待って食されたとの話も伝わっているが、これは少しゆき過ぎているように思うのだが。

東坡先生の味覚にかかわる関心はより深いものがあったようだ。食について多くの筆をついやしておられることでも窺い知れるところである。

東坡肉《とんぽーろう》は世に周《あまね》く知られる中国料理の一つだ。これは先生が当時の政府に逆らって為政者の機嫌を損ね、辺境の地に左遷された時、食うものは土族の飼っている豚や野獣くらいで、これを日常食える肴に、と苦心されて思いつかれた料理の一品である。世に伝わっている先生の好物、というわけではあながちなかったようだ。

東坡先生は佛教に深く帰依しておられ、法友も当時の高僧が多かった。なかでも道潜《どうせん》は詩盟のようだった。佛の殺生戒と東坡肉とは、極端にイメージが合わぬようではないか。

東坡先生は一つのことに没頭される純真な性格のお方であったようで、食にも文房四宝にも、ただならぬ思いを凝らされた。紙墨筆硯を主に、多くの文房具を総括した文房四宝の世界は、これ亦《また》深い教養と精神性を以て、初めて理解し賞愛される領域なのだが、先生は殊に墨に常ならぬほどの興味を示され、ついに御自身で墨を造ることを思いつかれた。天下第一の名墨を造ろうと志されたのだった。

墨の原料は油性の強い松根や菜種《なたね》などを燃やしてその煤《すす》を丹精込めて集め、鹿膠《にかわ》で練り固めて乾燥させたものだが、松を燃やして造った墨を松煙墨《しょうえんぼく》と名付け、古来賞用されてきた。

東坡先生はこれを自身の手で造ろうと、煤を採る室《むろ》をお住いの近くに建てられたが、ある日、失火してお宅が丸焼けになるところであったという。これには先生も少し反省されたとか。

しかし先生作の松煙墨は今に伝わり、珍重宝蔵されていると聞く。

東坡先生には多くの友人がいた。その中でも、米芾《べいふつ》という変わった人がいた。前著『游艸』にも少し書いたが、彼の奇石に対する思いは異常なほどで、奇石怪石に会うと恭《うやうや》しく礼拝をしたそうだ。奇行も多かった彼を、人は米顛《べいてん》と呼んだ。顛狂の顛である。

東坡先生は書の妙手として夙《つと》に知られているが、米芾もまた書人としてその名が高く、彼は書画の鑑識にも力量を発揮した。天下の名蹟をその手に収め、これを画舫《がぼう》に満載して世に誇っていたと伝えられる。


話は東坡肉から転じて米芾にまで及んだが、もう一人、見逃すわけにはゆかぬ人物がおわす。黄庭堅《こうていけん》（字魯《ろ》直）山谷道人《さんこくどうじん》である。黄山谷は東坡門下というが、その係わりは子弟を越えた至高の交《まじわり》であった。

今に伝わる彼の真蹟「李太白憶旧遊《おくきゅうゆう》詩《し》巻《かん》」は空前の神蹟として尊ばれ、その天《あま》かける龍の如き狂草は、息を呑まずにはおれまい。同じく欧陽脩《おうようしゅう》の門下の人だが、何れもそろって中国の文化史に燦然と輝く巨星たちである。

食い物、即ち味覚はその人の文化程度を表していると云った人もいたが、そういえば当人が食っているものを見れば、その人が解る。そうした意味を含めて、食から文房四宝、宋代文人に話が移ったことも、大した脱線ではないように思う。

筍　その二

確かに筍は、美味《うま》い。また和布《わかめ》とも相性が良い。丁度、季節も同時で、よく出合ったものだ。

今の若い人たちは何のことか解らないと思うが、私たちの子どもの頃は、たけのこ生活であった。私たち一家は昭和十八年、東京より疎開をして山口県にやって来た。その時、母は行李《こうり》（柳の枝で編んだ衣装入れで、今のトランクのようなもの）五、六個に和服を詰めて、統制下、無理矢理《むりやり》疎開先に送った。これが戦後の食糧難の時期を随分助けてくれたことを、今に思う。

当時、占領軍の指令によって農地制度の改革（小作地の開放）が強行され、農村は急激に様変わりした。何しろ今まで冷遇されていた小作人が一朝にして地主になったのだから。反対に旧地主は萎《しお》れかえって哀れな姿になってしまい、一方は見る間に豊かになった。

その事により、母の着物が物々交換によって米やその他、農作物に化けて当分一家は飢えをしのいだのだった。

村の娘さんたちが母の着物を着て得意がっているのを見て、母はどんな気持ちだっただろう。筍が一枚一枚皮を脱ぐように母は着物を手放し、とうとう着の身着のままになってしまった。こうした生活を当時は、たけのこ生活と云った。

筍はとても美味いが、たけのこ生活は御免だ。そして今の生活に感謝したい。

耳遠

耳の遠くなった人に、貴方《あなた》はこの頃お耳が遠くなられましたね、と言うと例外なく、途端に不機嫌な顔になり、私はそんなことはないと断言が返ってくる。

この前も対馬でのこと、耳が遠くなると聞き違いが多くなるからお互いに注意しよう、と言ったら、七十歳の男性がパワハラだと目くじらを立てて、私を怒鳴った。

耳の遠くなった御仁に限って、聞こえなくても良い話は聞こえるらしく、びっくりすることがよくある。

私は、初期の難聴であろう御婦人に、あなたの話し方は発音が悪く、呂律《ろれつ》が回らないので聴きづらい、と指摘された。私が老人性かアルコール中毒による言語障害だと言わんばかりのお顔をされた。私のヒガミもあってか、それを恨めしく聞いたことであった。

ある日、三、四人集まっての食事会の時のこと。私が、ああ春だなあ、鎌倉の生《なま》しらすが食べたいなあーと呟くと、ある老婦人が、あなた、その歳をしてキャバクラに行きたいとは、なんと呆れかえった人だと、さも蔑んだ目をして私をじっと睨んだ。

そういえば、鎌倉とキャバクラはよく似ているよ。

鶴が飛べば

鶴が飛べば糞蠅《くそばえ》が羽搏《はばた》く。雁《かり》が飛び立つと石亀も地団駄を踏む。他を見て自分の無能や質性を顧みず悔しがることの譬《たと》えであるが、古人はこうした表現に長《た》けているものだ。

世の中には、まさにこの譬えに似た人間が多勢いるようだが、考えてみると、現に小学校入学の時からこの性癖が芽吹くということだろう。奴《あいつ》が九十点なら俺はそれを越えてやるのだと、得点の多寡が何より優先する試験勉強のあり方は、答案用紙を提出した後、時間の経過とともにあらかた忘れてしまい、何の役にも立たない。時間の労費がやがて就職へとつながるので、更にその延長線を終生続けることになる。

どこまで行っても勝ち負けの渦中に身を置いて、やがて疲れ果てて消えてゆくのが人の一生なら、何と空しいことか。

しかし人は、その勝ち負けの世界のただ中に立ちながら、飽くことなくスポーツは無論、競馬、競艇等にまで目の色を変えて逆上《のぼ》せるとは、憐れな生きものよ、と嘆かずにはおられない。このような人間の集団社会なら、争いごとが起こるわけだ。

私のしがない来し方を顧みても、確執や争いが絶え間ないほど多かった。

若い頃、作陶を志し、その過程に於いて多くの人たちと交《まじわり》を訂したが、殊に同じ釜の飯を食い、また風餐《ふうさん》露宿《ろしゅく》の旅を続けて古窯を掘り返し、究明を重ねていた頃、同志と思っていた人も数人はいた。

しかし、その終末は皮肉にも同じ結果であった。簡単に言えば「お前の不合理にはついて行けない。この上は自力でやっていくので、まあ俺の実力を見てみろ」と異口同音に言うのである。

私はその都度、続行することを懸命に説得したが、彼等は聞く耳を持たなかった。ほんの一時期は彼等も窯を築き得意になっていたが、いつの間にか姿を消してしまった。

これは明らかに自己評価の誤りで、その結果であろう。私は自己過信の恐ろしさを嫌というほど見させてもらった。

自分は自分、人は人。千萬人がそうだと言っても、俺までつき合う義理はない、と言っていた人もいたが。それはたった一人であった。

食い意地

衣食足りて礼節を知ると言うが、窮乏の中で守ってこそ礼節ではあるまいか。現代、一部の例外を除いて、衣食といわずあらゆる物が充満して、どこの自治体でもその廃棄処分に困惑している有様だ。

曽《かつ》て、戦中戦後の物不足は徹底したものであった。

昭和十七年、弱質であり徴兵検査丙種だった父も、やむなく銅鉱山の顧問として山口県美祢の金ヶ峠鉱山に所属した。この鉱山は銅を産出した。主は元四国の大きな銅山の所有者であったが、軍閥によって接収され、この金ヶ峠鉱山を再開発したと聞いた。鉱山主の舎弟が父の弟子（美術史家）であったので、この成り行きになったようだ。

当金ヶ峠鉱山は中国山脈の中にあった。大きな選鉱場の機械が唸るように轟音を響かせていた。

鉱夫長屋の一戸が私たち一家六人の住まいとなった。板を打ち付けた壁に杉皮葺といった、吹けば飛ぶようなバラック建てであった。周囲はあらかた朝鮮の人たちで監督は日本人といったところ。

昼夜交代で坑内に入り、アセチレンガスランプを頼りに命がけで採鉱する人たちは仕事がら気性が荒く、仲間うちの喧嘩が絶えなかった。鉱夫たちは大声を上げて取っ組み合うのだが、どちらかが血をみると罷《や》むのである。

過酷な労働に耐えなければ生産はおぼつかないと、鉱夫たちの食糧は特別に供給されて充分に足りていた。それにひきかえ私たちは僅かの配給を受けての生活。食うことだけしか頭にない地獄の餓鬼そのものであった。

毎日の学校通いも過酷なものだった。履物もなく素足で、ズルズルとなだれ落ちる廃石の道を辿っての登校に耐えられず、途中の地蔵堂で姉弟が弁当を食って時を過ごし登校しない日が多かった。

その当時食べていた弁当というと、大根葉の小さく切ったもの、満州大豆の油を搾ったカス、小麦粉を作った後のフスマ（小麦の糠）に僅かの米と麦を混ぜて炊いた主食。副食といえば麓の農家が売りに来る野菜と塩鯨、そんなものだった。

弁当箱は木製で、金属の生活用具は武器生産のため献納し姿を消していた。無論、寺の釣鐘も、金銅佛像もすべて軍艦や戦車に替わってしまった。アルミの弁当箱を持っていると国賊呼ばわりされた時代だったのだ。

学校の帰り、「寄れ」というので同級生の鉱夫の息子のバラックについて行った。鉱夫の息子はガラッと戸を開けるなり、鞄を放り出し台所に飛び込んだ。

そこには径一尺ほどの飯櫃が置いてあった。息子は大きな茶碗に、日頃見たこともない白い飯を山盛りにして、朝の残りであろう味噌汁をぶっかけて、たちどころに二、三杯かき込んだ。

横にいた私は味噌汁の香りに、うっとりとさせられた。

息子は、お前も食えとは言わなかった。

今に、残念だったその時を思い出して飯を炊き、味噌汁をブッかけて態《わざ》とガツガツ食うことがある。

犬メシといって軽蔑されているが、こんなにうまい物は滅多にない。話では東北地方や九州に、冷汁という似た食べ物があるとか。

死の美学

まだ若かった頃読んだ本で、著者の名も失念したが『木村長門守重成』という題の単行本があった。

木村重成は大坂夏の陣で井伊直孝に敗れたが、その父木村重茲《しげこれ》は秀次事件に連座して自刃したとあり、その父の雪辱を果たすべく、大坂方に身命を賭して散った若い武将である。

その時に読んだ記憶では、母親に連れられた幼き重成は、江州の佐々木と名乗る隠栖《いんせい》を頼って、その養育を頼む場面から始まる。

「江州片田のかたほとり、見る影もない荒屋《あばらや》に」という書き出しであった。

重成は佐々木翁の峻厳な薫陶を受け、文武の習練に専心し、やがて成人し、豊臣秀頼の臣下となるのだが、その時既に、重成は大坂のやがて来る運命を予知していたであろう。

大坂夏の陣五月六日。河内の国若江の戦で井伊直孝の隊に敗れて果てた。享年は十九歳とも二十一歳とも言われている。

当然この出陣は討死覚悟の上であった。

結婚してまだ日も浅い妻に、朝、「私は飯《いい》を食さず出陣するから」と言った。敵方に首をはねられた時、頸首《のど》から飯粒が無様《ぶざま》に飛び出ることを避けたかったのだ。

当時の武将は、出陣の前の食事に「湯づけ」というものを食していた。炊き立ての飯を湯につけて軽く掬《すく》って椀に盛り食すものだ。極めてのどごしがよい食事である。

重成は兜《かぶと》に香を焚き込め颯爽と立ち出でたと、その本は結んであった。

まさに日本武将の死の美学ではあるまいか。

一宴

二十年ほど前だったか、私を弟のように慈しんでくださった橋本博英画伯が発起人となり、対馬の窯を訪ねる旅を計画された。

今、記憶に残っているその一行のお名前は、当の橋本画伯、能の観世栄夫氏、NHKの山川静夫さん、懐石料理の辻義一さん、青木画廊のオーナー、以上のような顔ぶれだった。


一行は福岡空港経由で対馬に到着されたが、橋本画伯がタラップを踏み外し転倒してしまわれた。

その時、私の土産にとドンペリを手に携えておられたが、それを庇《かば》ってのことだったと後から聞いて、さもあらんと思ったのであった。

ひと先ず一行は病院に寄って骨折の応急手当てを受け、夕方に窯場に着かれた。

対馬漁港で上がった魚を辻義一さんが腕をふるって調理され、いよいよ宴が開かれようとした時のこと。

「今日はお気の毒だが、橋本さんは骨折でお酒を飲んではいけませんと、先ほど医師が言

っていた。私たちだけが飲むので悪く思わないでください」とおことわりを言ったところ、橋本画伯は、

「あなたたちは勘違いもよいところだ。私は脚で酒は飲まぬ。口から飲むのだ」と席に割り込んでこられた。

題辞

青年時代前半、至極私を慈しんでくださったお方がおられた。地方新聞の記者をされておられたが、職種に似合わず人品をそなえた、しかも博学多識な方であった。

その頃も貧しかった私を、この子は可哀そうだと憐れんでくださってのことか、いつも電車に乗せて徳山の居酒屋でお酒を飲ませてくださった。時にはお小遣いもくださった。決して裕福な方ではない。スーツは何時も同じものを身に着けておられた。

ある夕方、お酒を注いでくださりながら、お願いがあると言われた。そのお願いとは。「今度、大東亜戦争末期の人間魚雷回天の資料を起こして出版することになったので、その題辞と装丁をしてくれないか」とのお話であった。

若僧の私は「その任ではありません」とお断りしたら、「お国のためとはいえ若い命の多くを散らせたその『みたま』を慰めるのは、やはり若い人でなければならない」と声重く言われるので、お受けすることにした。

題名は既に『神《かみ》の柩《ひつぎ》』と決めておられた。

私は早速に彼等が眠っている滄溟《そうめい》の波涛を破墨で画き、題辞を「壮烈泣鬼神」と書して責《せめ》をふさいだ。

この「神の柩」の三字を題した橋本憲氏の教養の深さと力量に感銘を受け、圧倒されたことだった。

ちなみに「壮烈なるに鬼神も泣く」の五文字は南宋の宰相文天祥《ぶんてんしょう》よりの摘句。彼は南宋滅亡後も元に抵抗し、元軍に捕らえられたが宋王朝への忠誠を貫き、ついに殺された。

この「神の柩」につり合う文をと考えて、文山文天祥の集中から「鬼神泣壮烈」を選んだことを、良かったと今も思っている。

説林篇

聖書に、「明日のことをおもい患《わずら》うことなかれ、一日の労苦は一日にして足れり」とある。

われわれは何時も、下らぬことをクドクドと考えて肝心要《かなめ》のことは何も意識していないほうが多いようだ。つまり、先憂後楽《せんゆうこうらく》ではなく、先楽後憂なのである。

韓非《かんぴ》の「説林篇《せつりんへん》」。韓非とは韓非子のことで、中国で初めて統一国家をつくった秦の始皇帝に信賞必罰の法を説いた法家である。唐代の韓退之《かんたいし》と区別するため韓非と呼ばれている。説林篇には六十余りの話が載っているが、その中の一話。

三匹の虱《しらみ》が集まって話をしていた。そこを通りかかった一匹の虱が何をしているのか聞いた。

三匹の虱は答えて言った。「この豚のどの部分に誰が吸いつくかで争っているのだ」と。それを聞いて、通りかかった一匹の虱は、「お前たちは、やがてやって来る祭りの時、丸焼きにされることだけ心配していたらよいのだ」と言った。

つまり豚が丸焼きになれば、当然お前たちも焼き殺される運命なのだ、と。

虱どもは丸々と肥え太った牝豚に喰いついてその血を鱈腹《たらふく》吸い、豚がガリガリの骨と皮になるまで痩せさせてしまった。そのため、飼い主は祭りの日、その豚を屠殺して丸焼きにはしなかった、とさ。

しかしこの話、少しおかしいと思いませんか。三匹の虱くらいでは豚は痩せないはずですよね。

陸放翁

六年ほど前だったか、南宋の古都、杭州臨安を訪ねた。
古都臨安は今の浙江省杭州市にある。金の侵略を受けて北宋（九六〇～一一二七）は今の開封から遷都し、以来百五十年間、臨安が南宋の都となった。

臨安に入って印象的だったのは、古都の証しのように巨大な老木が鬱葱《うっそう》としてその陰を落としていたことであった。

我們、漢詩を愛する者にとって、南宋といえば先ず、陸放翁《りくほうおう》の存在を思い浮かべる。放翁陸游は梅を愛した詩人として林逋《りんぽ》に続き知られているが、愛国詩人としても名高い。中原回復を生涯願って待ち焦がれたが、竟《つい》にその途に没した。

子息たちに残した詩の中に、法事など忘れてもよいが、開封汴京《べんけい》に王族が復したら、この俺の墓に真っ先に報告を忘れるな、との詩を残している（「児に示す」）。

また愛妻家でもあった。夫人を亡くした時の悲痛な詩がある。

曽《かつ》て婚前に贈られたであろう菊枕の香が今も残っているという詩。多感だった少壮の日、一連の詩を吟じて、幾度、涙で巾《きん》をうるおしたことか。
皆様も一度、陸游の詩に接せられてはいかがか。『剣南詩稿』『渭南文集』など。

バリカン

一見惨酷に見える場面も、熟視すると意外に反対の内容をもっていることもある。これを無慈悲の慈悲という。

私が幼い頃育った村は、散髪屋が遠くに一軒という寒村であった。父が東京の友人から贈られたドイツ製のバリカンが、私たち男兄弟の頭を刈る只《ただ》一つの道具であった。

父が順番に私たちの頭を刈ってくれるのだが、ある時バリカンで私の頭を軽く小突いて、「お前の頭は空っぽだ。こんな情けない音しか出ぬ脳味噌では、到底将来、何をしても見込みは全くない」と、嘆息まぎれに呟いた。

その反対に弟の頭を指して、「お前の頭の形は、打出の小槌のようだ」と言った。

曲りなりに成長期にさし掛かっていた私の頭の中は、真っ白になってしまった。父に引導を下されたようなもの。将来の小さな希望も、ささやかな自信も渾《すべ》て奪い取られたように、一時期、無気力状態の日を過ごした。

今から考えると、父は「死地に活路を開け」と荒療治を施してくださったのだと思う。私に対する父の愛情の深さを今になってひしひしと感じ、その勇敢さを讃える思いである。

天涯浪迹

私は壮年期、諸国を浪迹《ろうせき》し放肆《ほうし》な日々を送っていた。

しかし不思議なことに私を軽蔑の眼で観たり非難する人はいなかった。みんな私の所業は注意しても効無しと踏んでいたに違いない。しばらく静かにしていると、体の具合が悪いのかと、却《かえ》って心配そうに尋ねる人もいた。

しかし一見荒亡の極みが、却って心の財産になろうとは予想できないことであった。殊に八道江山を転止し詩酒放情に明け暮れた日々は、私にとってかけ替えのない修養の期でもあったようだ。詩の宴、玉盤《ぎょくばん》の珍羞《ちんしゅう》、伽耶古琴《かやこきん》の音、紅粧《こうしょう》の緩舞《かんぶ》。当時の韓国はまだ李朝のなごりを留めていた。今では、野に隠れた儒者も絶えてしまった。特別な所を除いて妓女も姿を消してしまった。

当時、相見した方々への思いは、今でも尽きない。

安朋彦、崔凡述、金以堂、鄭基浩、白鶴汀、高雪峰、金玉堂……。当時はまだ、このような貴賢が在《いま》した。私はぎりぎり間に合って、かかるお方の謦咳《けいがい》に接したことを永遠に忘れじと誓うのだ。

独活

いつだったか、随分前のことだが、何かの所用で京都に行くことになった。季節は四月の初めで、私の好む山菜独活《うど》の旬の頃であった。

近所の人が、町はずれの町営火葬場の横に立派な独活がたくさん生えていると教えてくれたので、その場所に行ってみた。話に違わず、見事な独活がニョキニョキと生えているではないか。急いで五、六本採って、それを京都に持って向かった。

所用を済ませて、さてこの独活をどう生かすかと考えた末、相国寺の有馬管長さまの方丈に持参した。管長さまは新聞紙に包んで持参した独活をご覧になり、ううんとうなずかれた。

「見事なものだ。これが対馬の山に生えているのか」と聞かれた。

「これは今から嵐山の吉兆さんに持ってゆき、一斟しよう」とおっしゃった。吉兆さんは独活を最大限に生かされて調理をしてくださった。

「ところで東五さん、この独活はどういう場所に生えていたのかね」と、管長さまは聞かれた。私は正直に、

「この独活は、町営火葬場の近くに生えていました。私の想像では、焼け残った骨灰の養分を吸収して育ったものだと考えます」とお答えした。

「ううん、道理でうまいはずだ」と、管長さまは人を喰ったように豪快に笑われた。

さすがは禅に生きておられるお方だと、秘かに納得したことだった。

不垢不浄。不増不減。

疎開

太平洋戦争が始まったのは、私が六歳の時であった。

国民学校に上る頃は、日本は相当に追い詰められた状態であった。登校時、学徒全員が器に野菜を切り込んでそれを持参し、集めて味噌汁を作り給食にしていたことを思い出すと、その頃から日本は来るところまで来ていたようだ。

国民学校では教育勅語を暗記させられ、歴代の天皇の御名を神武より始まり今上天皇まで諳んじ、更に手旗信号、モールス信号などを覚えなくては、廊下に立たされたり、校庭を走らされたりしたものだ。私は人一倍もの覚えが悪く動作も鈍く、何をさせても人後に落ち、体罰を受けるのも当然だと観念していた。

やがて戦争も激化して東京空襲を予感していた父は、一家五人で山口県湯田に疎開をした。その頃の山口県は長州閥の権威を傘にきて、しかも排他的な習風が強かったようだ。殊に子供間のいじめは度を越したものであった。今思っても、ぞっとするような残忍な仕組みであった。

疎開前、私たち一家は東京杉並区に住んでおり、日常の生活は極端に窮屈なものではなかった。国民学校入学の時に父が日本橋三越で買ってくれた学用品の中のレインコートを着て、疎開先の学校に登校したら、同級生からピエロ扱いにされ、おまけにズタズタに切り裂かれてしまった。その頃の地方の子はレインコートなど見たことがなかったのだ。

湯田国民学校に二年生で転校したのだが、当時は学修どころではなく校庭を掘り起こして芋作りをしたり、バケツを持って肥料にする馬糞拾いをしたりの毎日であった（その頃の交通手段は馬車だったので、馬糞はどこにでもコロガッていた）。

今でも覚えているのは、湯田から小郡に通ずる国道の両側を掘り起こして、全校生徒が胡麻を播いたことだ。それが秋を迎えて立派な実を結び驚いたのだが、作業中、日射病に罹って倒れた同級生など、今では考えられない時代であった。

もう一つ忘れられないことがある。

湯田から県下を転止し、今の山口市（旧吉敷郡小鯖村）に居を移して小鯖中学校に転校した時のこと。その頃の教師は代用教員が多く、担任の先生はたしか元海軍兵学校出身の血気盛んな青年先生だった。

ある日、国道を走っていたトラックの後部につかまって走っていたら、カバンが引っかかってトラックはその侭《まま》走り去ってしまった。

つまり明日から、教科書無しで登校するわけだ。

次の日、それを知った担任の先生が「小林、前に出ろ」と言った途端、力いっぱい拳《こぶし》で殴られた。それは猛烈な勢いであった。私はその侭ぶっ倒れたが、そこは日頃いじめに馴れているので、すぐに置き上がって先生の前に立ち、もっと殴れとばかり開き直ったのだった。

下校時、驚いたことに横目で辺りを見ようとしても、眼の縁が腫れ上がって見えない。目に堤《どて》が出来たようなものだ。家にたどり着いたが手当てもままならず、井戸水で冷やすだけだった。

その頃、母は重度の脊髄カリエスで日夜呻吟《しんぎん》中、子どもどころではなかった。父は不在で、幸い気づかれずに済んだ。

それから何十年か経って当先生との再会の機がやってきた。

その時の先生は既に名門校の校長先生を終えられ、温和なお顔をして静かに日を送っておられた。

切々と

令和元年の末、長く住み慣れた対馬を離れ、石川県加賀の幽隅に小さな菴を結んで老残の日を送っている。

対馬を離れる時つくづく味わったのだが、白居易が転勤の際に作った詩に、花も鳥も達者に過ごせよ、三年の任期が終わり官を解かれたら、きっとまた帰ってくるから、と詠んだ詩情が、切々と身につまされた。私には再びの日は望めまいに。

私が日本最西北端、朝鮮半島を前にした国境の島、対馬に移住したのは昭和五十六年であった。韓国太田市鶏龍山の陶土と対馬の土が同質であったことが契機となって、對州窯を復興することになった。

さて築窯となると多大な資金が必要となり、一介の陶者ができるかどうか不明であった。陶作を前売りしたり多数の寄附をいただいたり、中でも広島の篤士、故林正樹氏によるご尽力は絶大なものであった。林氏は伊藤博文公の血筋にあたられる事業家で、美術の愛好家でもあられた。

こうした方々の御高庇により作陶に明け暮れた壮年期の私は、実に幸せであった。

齢七十にして思うところあり、作陶を終止して對州書院に沈潜。十年間を詩酒放情の日々に費やし、八十を過ぎて島の生活に限界を感じ、決然、移転を決断した次第である。

私が対馬に来た頃は、国策として離島振興が始まったばかりで、道路も港湾も殆どが自然の侭だった。住民も極めて純朴で、『魏志倭人伝』の伝えたなごりが充分感じられた。無論テレビの普及も少なかったし、バスに乗り合わせた女子高生の会話が全くと言ってよいほど聞きとれないのには驚いた。

ある日のこと。島の女性数人が窯が見たいというので、迎え入れて茶を呈してお話をした。その中の一人の女性が帰宅して、こう話したそうだ。

「對州窯は本当に変わった所だ。住んでいる主人も変な品《しな》だが、丼鉢で茶を飲ましたのにはびっくりした」と。

後から考えてみると、人のことを品というのは間違いないのだ。人品、品位、品水、とかの熟語が示す通りである。丼鉢で茶を飲ませたということは、抹茶を飲んだことがない人だったのだろう。

あの頃の対馬が、懐かしく心に蘇ってくる昨今である。

今の対馬は考えられぬほど振興が進み、観光化も著しく、ひと頃は街を歩いている大半の人は韓国の観光客であった。

信賞必罰

信賞必罰という四文字がある。意味は、人間社会の統持を保ち混迷を制する重要な手段であるということであろう。

中でも必罰は、実行となると余程《よほど》の詰めと決断を要する。

青史を訪い一望する時、ほどよく理解できる事例が所々にあるが、その中でも特筆すべきは、「揮涙斬馬謖」（涙を揮《ふる》って馬謖《ばしょく》を斬る）であろう。

馬謖とは三国時代の蜀《しょく》の武将である。祁山《きざん》の戦いで総帥諸葛亮《しょかつりょう》の軍令に順じなかった結果、大敗してしまった。諸葛亮は軍律を正持するため、最も仁愛した馬謖を涙を揮って斬処したのだった。

諸葛亮は蜀の政治家で、劉備玄徳に三顧の礼を以て招かれ、終生に渡り仕えた。赤壁の戦いで曹操を大敗させ、成都を平定して蜀の建国に尽くした名相である。やがて劉備の死後、子の劉禅に仕え、魏を攻める戦途、五丈原に於いて病没したことは、古より語り伝えられるところだ。

ずっと時代は遡るが、秦の始皇帝に説いた韓非の論は厳格な法の適用と信賞必罰で、それは冷血動物のように温もりを感じさせない法例であった。それに比して諸葛亮の行じた処罰には涙があり情がこもっていたことを思うにつけても、出処は韓非思想下にあっても、何か異なるものを感ずるのである。

諸葛亮は馬謖を処断した後、馬謖一族の生活の保障を手厚く施したと記されている。

褒めれば逆上《のぼ》せ、罰すれば憾《うら》む人の世、実に難しい操作の中で生まれた千古の物語りであろう。

屈原

畏友濱本英輔さんが、「小林東五は今の世の中をどう見ているのかなあ」と小桃女史に呟くように聞いたそうだ。

私は思う。例えば人類は、煮え滾《たぎ》る鼎鍋《なべ》をよそに、餌《えさ》を夢中になってあさっている鶏群のようなものだ。

極めて稀だが、アインシュタインは核の未来について暗い見通しを示している。核保有国がその保有力を誇り、開発途上の国がそれに追いつくことに国力を挙げて必死になっている現況は、じつに滑稽至極なことなのだ。

つまり、一端、核戦争を起こせば、地球は全滅してしまう。喩《たと》え当座生き残ったにしても、過度の放射能の汚染は世界の隅々にまで広がり、やがて生物は消滅してしまうことであろう。

勝敗なく共に全滅するのが、現代の戦争なのだ。

このような簡単な方程式も解けない低能級の集う世界の諸会議は、どこまで続くのであろうか。

往昔、屈原という人が「衆人みな酔い、われ独り醒む」と、国を憂えて汨羅《べきら》という淵《ふち》で懐砂《かいさ》したとか。懐砂とは砂を袂《たもと》につめて入水すること。

この原稿を書いている今日は、奇しくも屈原の命日、五月五日であった。ちなみに汨羅は菖蒲が美しく咲くという。菖蒲湯に入ることと、当日食べる粽《ちまき》は、屈原鎮魂の供物であったとか。

風交

最近、殊のほか心をひかれる語に「風交《ふうこう》」の二字がある。

古来、風の字は特別な雰囲気をもって語意を助けているようだ。風骨、風韻、風合い、など多数あるが、中でも「風交」はあまり見ない。

この妙なる二字をどのように噛みしめたらよいであろうか。直訳すると「風の如き交わり」となるのだが。

漢語の魅力は、たった二文字でも説くとなると、何千字を以ても説き能わぬ内容を宿していることだ。

しかし生ぬるい説明をまつまでもなく、この風交をみごとに詠った詩を私は知っている。

両人　対酌すれば　山花開く
一杯一杯　又一杯
われ酔うて眠らんとす　卿しばらく去れ
明朝　意《い》あらば　琴を抱《いだ》いて来たれ

これは李白が友人に示した七言詩である。「私は眠たくなったので、卿は今日は帰ってくれたまえ。明日また気が向けば、琴を携えて来て、私に聞かせてくれないか」という転結の詩意なのだが、この二人の交友こそ、正に「風交」というべきであろう。

げに「風交」とは良き語なり。

高麗陶磁について（講演抄録）

本日は「高麗陶磁について」という題をいただいております。

私はいつも、お話を始める前に聞いていただくのですが、ものを作る側の人は、あまり多くを語らない方が良いようです。ものを作ろうと思っても出来ない人が、仕方なく理屈を陳《の》べなければならないのだと思っています。

そういう意味をも含めて、生まれながらにして人前でお話しをしたり文章を書いたりすることが大の苦手な私にとって、忍びがたいことです。譬えば二日酔いの朝に黄色い胃液を吐くように辛いのです。

しかし今日は、そうも言っておれません。仕方なくお話をさせていただきますが、お聞き苦しい点は、何とぞご寛容くださいますようにお願いいたします。

一口に陶磁と言っても、雑多な種類も含めて数えきれないほどあります。その中でも、高麗・李朝期の陶磁に目を向けられる皆様は、幾多の陶磁遍歴の末にたどり着いた方が大半のようです。

中国、和物等を経て、やがて巡り合うのが李朝陶ではないかと私は思っております。李朝陶を愛される方々は、こぞってお目が高いようです。

もう少し論を進めますと、その人その人が人生そのものを深く、じっと見据えてきたことにより、奥ゆきのある李朝陶が見えてくるのだと思います。

つまり高麗李朝陶を慈しまれる方々はおしなべて、一筋縄ではゆかぬ人なのです。そういう方々は、私にとって絶好のお話相手として大歓迎であり、幾夜を重ねても語り尽くせないところであります。


私は李朝陶の再現を手掛けてまいりましたが、やきものの世界は近代までは「炎《ほのお》」という扱いにくい相手と付き合いながら、神頼みをしながら仕事をしてきました。火の具合で現れる窯変などは、半ば神秘的に考えられていたわけです。

ところが近世になって科学の分野が急速に発達し、神秘という垂れ幕が外され、剥《む》き出しになりました。神様のお力を借りなくては仕事にならぬと思っていたことが、そうではなくなって来たのです。

しかし、このようになったから、より良いものが出来るかというと、そうではありません。つまり、その反面、精神性が稀薄になってしまったのです。

一例を挙げますと、昔は製材機がなく、大きな原木を木挽《こびき》職人が長く大きな鋸《のこ》を使って、上下二人して挽き割っておりました。大工さんも、鑿《のみ》や鉋《かんな》を砥石で入念に手入れをしながら仕事をしていたものです。

今では製材機にかけると一日がかりで挽き割っていた原木が、瞬く間に木材になります。ところが、それだけ仕事の能率と技術が向上したかというと、そうではないようです。機械を使い早くなった分だけ、怠惰と時間の無駄遣いが生ずるからだと思います。やきものも、いかに方法が進歩しても、それにつれて良いものができるというわけにはゆかないようです。

李朝陶に眼を向けて、当時のものをじっと見ますと、高台一つをとっても、その頃の高台は卓抜なのです。なんでこのように各々が輝いているのでしょうか。

私は、こう思いました。

その当時、流れていた空気が違うのではないかと。時の流れは、つまり今日というこの一日は永遠に再び戻ってはこない。

李朝というあの時期だけに充満していた大気があった筈です。その気を呼吸して削った高台だから、「野《や》にして秀《しゅう》」なのだと私は思っています。

よく聞く話ですが、「無心にならなければ、ものはできない。先ず無心になれ。無心であったればこそ、あのようなものを作り出すことができるのだ」と、人は説いているようですが、人の世はどこまで行っても欲の無いところなどありません。求道心《ぐどうしん》も一つの立派な慾なのだと、私は思います。

無心なんてものが若《も》しあったにせよ、私には全く用がありません。私にとって無心とは何《なん》にもないことでなく、無《む》が充満していることだと思っております。慾の塊りを原動力として作り上げたものも、それなりに素晴らしいのではないでしょうか。

つまり、作品は慾そのものの露呈ではなく、慾が昇華されてこそ、人に感動を与えるのではないでしょうか。

李朝期の陶で、「粉青沙器《ふんせいさき》」と呼ぶ一群があります。日本では「三嶋手」と称していますが、特にその中でも、俗称「鶏龍山陶」と名付けられた陶がそれであります。

鉄分の多い胎土に白土を刷毛で掛けた後、含鉄鉱物（石間朱《せきかんしゅ》）で絵を描き施釉して焼成されたものです。焼成前の素地は薄青黒く、その侭《まま》では使用する気にもなれない雰囲気で、犬猫も食欲が減退するような肌色《きしょく》です。

ところが、その器壁に純白の刷毛目が勢いよく掛かり、更に軽快な鉄絵が施されることにより俄然、生まれ変わるのです。私はよく、荒野に白馬が走ったようだと譬えています。良い土とは一体どんな土なのか。その問いの答えは「良い土に人がするものなのだ」と思います。

反対に、折角《せっかく》の良材を殺してしまい、得意になっている人たちも多いようです。つまり活かすも殺すも、当人の力量次第ということになりましょう。

新羅、高麗、李氏朝鮮（李朝）と続き、現代に至る韓半島の歴史の中、新羅に次ぎ高麗は仏教を国教としましたが、李朝は儒教を広めました。

儒教では「虚」「白」の文字で、佛教は「無」の字で、道教では「玄」の字によって、その教理を説いていますが、李朝は「白の時代」だったのです。したがって白磁の生産が主体であり、特に王室や上層階級で注目を集めました。

その前朝の高麗王朝は中国の影響を受け、青磁が主に生産されましたが、やがて全盛期の高麗秘色青磁は、中国青磁をも凌ぐ品位を誇りました。

いつの世も、陶磁は時の為政者の支配下にあって生まれ、また衰退していったのです。しかし、李朝になって全く青磁が姿を消したわけではなく、李朝初期に盛んに燔造されたものが三嶋青磁と呼ばれる陶でした。
つまり青磁がうまく焼けなくなって、三嶋青磁が出現し、やがて粉青沙器（三嶋手）となっていったのです。

昔は日本もそうでしたが、特に李朝時代は階級制度が厳しく、したがって用いる器物も統制されていました。たとえば、日本の江戸期にも網代《あじろ》編みの使用は将軍と禅僧のみに限られていたように、彼の国でも同じ厳重な規則が定められていたのです。白磁（官窯）は王族の占有であり一般庶民は使用禁止で、違反すると罰則もたいそう厳しかったようです。

当時の民間は土物《つちもの》の泥釉《でいゆう》の掛かった粗末な器が主体で、いわば何処にでもある土を掘り起こして無雑作に焼かれたものであったことは、幾多の発掘品からも明らかになっているところです。

その頃の庶民が白い器に憧れていた、その産物として粉引手が生まれました。鉄分の多い胎土に白い化粧土をずぶ掛けにして施釉後、焼成されたもので当時大いに歓迎されたようです。

しかし使用していくうちに次第に食物の色素が浸透して朽葉《くちば》色を呈し、庶民の期待とは裏腹になってしまいました。

そんな粉引茶碗を日本の茶人がとり上げて、すばらしいと讃えました。恰《あたか》も中国明清代の虫喰《むしく》いの不良品（釉掛けの失敗）を喜んだように、日本人特有の趣向は相手側にとってはさぞかし奇異に映ったことだろうと想像します。


話を元に戻しまして。

李朝時代の貴族階級が白磁や銀の輝く器や匙で食事をするのに、なぜ俺たちは、こんな粗雑な器で食わなければならぬのか、と庶民は不平不満を募らせていました。

時は流れて近代になっても、彼らは自ら蔑《さげす》み続けた土物《つちもの》の茶碗を日本人が目の色を変えて求める様子を眺めて、やはり、もの好きの変な民族だなあ、と思っていたようです。

中には、犬の飯器（ケ・パックル）を喜ぶ日本人たち、と揶揄した話も残っています。

しかしこの頃では、ようやくその代価によっても重んぜられるようになりましたが、民族の観点の違いは如何ともし難く、反対に彼の国から見た日本にも、それに似たことは多いようです。


時代は代わり、朝鮮動乱が終わり南北が分断され、兵器の鉄類はステンレスに再製され、ピカピカの食器が出回った頃、土物の食器を放り出してピカピカに飛びついたのですが、最近ではまた陶磁器に関心が深まり、種々の器が生産され使用されるようになりました。

日本のある思想家がこんなことを言いました。

「自分が美しいことを意識していない女性こそ、真に美しい。鏡の前で、私はとびきりの美人だわ、と思った途端に、ただの女になってしまう」と。

すばらしい陶磁を作りながら、そのことを意識しなかった彼の国の昔人たちは奥ゆかしいということにもなりましょう。

アメリカ大陸でゴールドラッシュが起こった時、あんな金属のどこが良いのかと、目の色を変えて蠢《うごめ》く白人たちを先住民たちはせせら嘲《わら》っていたとのことです。

コンゴのダイヤモンドにしても同じことがあったようです。

それと同様に、新たな価値の発見者は意外なところにいるものです。現在、我々日本人が軽く視ているものの中にも、秀でたものが潜んでいるのではないでしょうか。

日本の文化と韓国の文化は、現在では厳然とした二つの存在ですが、往古においては、日本は大陸より多くの恩恵に浴し成長をしてきました。とりわけ中国と韓国は日本にとって、父師であったことは皆様もご周知ではないかと思います。

更に私がこの目で見てきただけでも、埋蔵文化の量が違います。これは韓国の底力《そこぢから》なのです。日本の古墳や陵《みささぎ》が例外をのぞいて発掘調査がなされないのは、結果として出土するものの大半は、中国や韓国よりの将来品だからだと思います。

しかし埋蔵文化の質量については勝てませんが、日本には大きな誇りがあります。それは日本の禅文化です。

印度から中国、韓国を経て伝わった佛教が日本の胃袋で消化され、日本禅として天葩《てんぱ》の如く開いたことです。

殊に室町、桃山と移る時の流れの中にあって、大應、大燈、関山国師を経て、一休宗純が出現したことにより、その影響下に世阿弥、村田珠光、千利休が生まれたことは碩果《せきか》というべきでありましょう。

埋蔵文化の重みもさることながら、精神文化の輝きも、それに増して尊いものだと思っております。

さて所定の時間も迫ってまいりました。締めくくりとして「もの」をどのように見定めるかについて、管見を述べて、本日のお話を終了させていただきたく思います。

お茶碗を選ぶ場合に、当初から自分の勝手な好みを出してはいけないと私は考えます。茶碗とは、使いやすさ、姿かたち、重さ、色合い等と多くの条件を備えていなければならないのです。

よく聞くことですが、「自分が良いと思ったら、それが良いのだ」と。

これは大きな勘違いだと思います。その証しとして、「自分とはいったい何なのですか」と問うと、その返事が返ってきたことはほぼありません。自分を持っている人とは、天分と培《つちか》いによって開かれた境涯に身を置いた人なのです。

前述の「自分」とは、要するに自分という名の錯覚で、猿知恵ということになります。

釈迦に説法となりますが、皆様がこれから「もの」を見ようとする時、公正な物指を持つこと。付和雷同では左右されない「ものさし」を持つことです。そのものさしは、茶碗のことのみにあらず。萬事に当たり、的確な答えを出してくれることでしょう。

私が思いますに、ミスユニバースのコンテストが好例かと考えております。先ず選考に当って、八頭身という定義があります。どんなに美人だと思っても、該当しなければ瞬く間に落とされてしまいます。

何回かの審査により大半の応募者は姿を消し、最後に二人が残されます。その時初めて、各審査員の主観と冷静な意見が要求されるのです。「この人は美人だが品位に欠ける」、「私としては、品はなくても美人だから良い」と、それぞれの審査員の票により最終決定をするのです。

お茶碗を選ぶときも同じことだと思います。皆様の更なる境涯の御高揚を念じてやみません。

そろそろ所定の時間を迎えますので、この辺りで拙いお話を終了させていただきます。満座の諸賢、長時間に渉り御静聴くださいましてありがとうございました。

（二〇〇五年白秋　古稀記念展観〔日本橋三越〕にて）

Ⅱ

陶印 老石

出入大吉

入玄

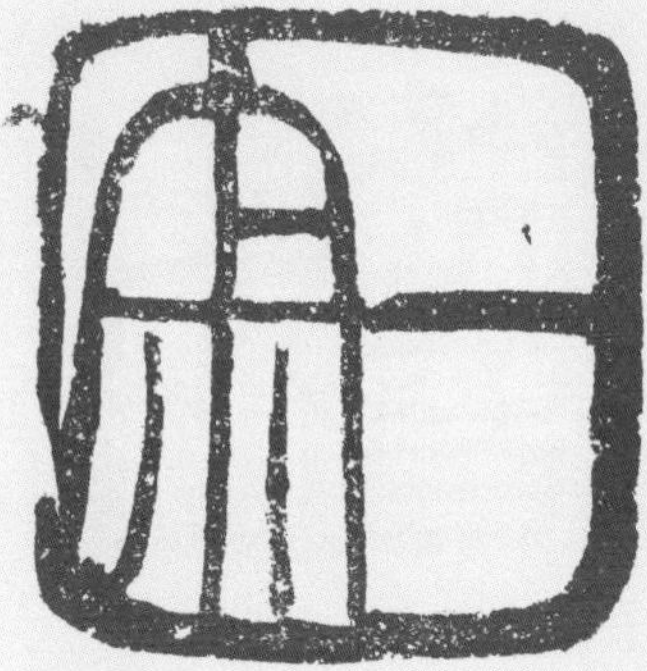

一寂

一切堂

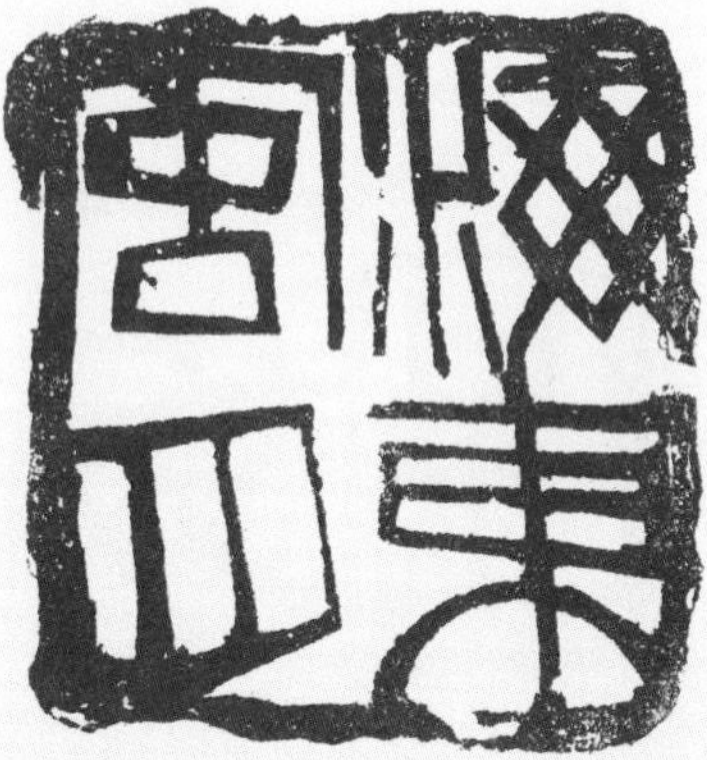

海東風月

酒肆藏名

谷川（谷川徹三）

常（前田常作）

遇庵（東野文惠）

小学館

守拙

吾老矣

Ⅲ

未了庵

澗水松風絶世紛
卜居幽興与誰分
柴門盡日無人問
又坐石床迎白雲

未了庵

澗水松風《かんすい》　世紛を絶つ
居を卜《ぼく》して　幽興　誰とともにか分たん
柴門《さいもん》尽日　人の問う無し
また石床に坐して　白雲を迎えん

澗《たに》の流れ、松の風吹く山里は、世の煩わしさを切り離してくれる。
居《すまい》を建てたが、このしずかな興《おもむき》を誰とともに分《わか》とうか。
柴の門扉は一日中、人の訪う気配も無い。
また石床に坐して、白雲を迎えるとしよう。

梅花

白梅花發瓦瓶中
俄喜無聊一老翁
与人幽香猶不寐
西窓残月五更鐘

梅花

白梅花は発《ひら》く　瓦瓶《がへい》の中
俄《にわ》かに喜ぶ　無聊《ぶりょう》の一老翁
人と幽香と　猶《なお》寝《い》ねず
西窓の残月　五更の鐘

白い梅の花が、質素な瓦の瓶中にひらいた。
愉しみのすくない一人の老翁は、俄かに喜んだ。
私と、かすかな香りとが、眠らないまま。
西の窓に消え残る月の光と、夜明けの鐘を（聞いている）。

春　倣子夜呉歌

雨浥黄金柳
風飄白玉梅
東君知妾思
千里伴歓回

春　子夜呉歌に倣う

雨はうるおす　黄金の柳《やなぎ》
風はひるがえす　白玉《はくぎょく》の梅《うめ》
東君《とうくん》　妾《しょう》の思いを知ってか
千里《せんり》　歓《かん》を伴って回《かえ》る

春の雨は柳を黄金色にそめて、
東の風は玉のように、ま白い梅の花びらを飄《ひるが》えす。
春の神さまは私の思いをお知りになられてか、
遠い道程《みちのり》をいとしい人を連れて回《かえ》って来てくださった。
（ありがとうございます）

○東君　春の神のこと。
○歓　恋する男性を呼ぶ時、「あなた」というに同じ。

首夏　其一

南風吹拂四山霞
雨浥林巒樹色加
庭下紫紅渾謝盡
數枝將發木槿花

首夏《しゅか》　其の一

南風　吹き払う　四山《しざん》の霞《かすみ》
雨は林巒《りんらん》を浥《うるお》して　樹色《じゅしょく》加わる
庭下《ていか》の紫紅《しこう》は　すべて謝《ち》り尽くし
数枝《すうし》　まさに発《ひら》く木槿花《もっきんか》

南の風は四山の霞を吹き払い、
雨は林や小山《こやま》を潤して、樹々の緑が加わってきた。
わが庭の紫や紅《くれない》の春の花はみんな散ってしまい、
一枝二枝《ひとえだふたえだ》開こうとしているのは、槿《むくげ》の花。

○首夏　初夏のこと。

晩秋

一村千嶂合
天寒逼夕陰
古道人行少
空山落葉深
猶有老翁在
不知安晩心

晩秋

一村　千嶂《せんしょう》合《がっ》し
天寒く　夕陰《せきいん》逼《せま》る
古道　人の行くこと少なく
空山《くうざん》　落葉は深し
なお　老翁のある在り
知らず　安晩《あんばん》の心を

孤村を囲むのは、切り立つ幾重《いくちょう》の峰か。
空は寒く夕べの陰《かげ》りがだんだん迫ってくる。
古道を人の行くことは少なく、
空山には落葉が深く積もる。
なお今も、老いた私は生きている。
晩年の安らぎも知らずに。

病床作

往事茫茫八十年
飲徒吟伴入黄泉
如今病褥無人問
春過林巒哭杜鵑

病床の作

往事《おうじ》　茫茫たり八十年
飲徒吟伴《いんとぎんぱん》　黄泉《こうせん》に入る
如今《じょこん》　病褥《びょうじょく》　人の問う無し
春過ぎて林巒《りんらん》　杜鵑《とけん》哭《な》く

過ぎ去ってぼんやりとした八十年の歳月。
酒を斟《く》む友も詩を唱和する伴《とも》も、みんなあの世に逝ってしまった。
今私は、病の床に臥《ふ》せっているが、見舞う人もない。
春も過ぎ去り、杜鵑《ほととぎす》が哭《こく》するように啼いているばかり。

○黄泉　あの世のこと。
○病褥　病床。

任酒

夙瞻太白慕遺風
小小今為老大翁
雅俗賢愚皆有死
一任萬事酒杯中

酒に任す

つとに太白《たいはく》をあおぎみて　遺風《いふう》を慕《した》う
小小《しょうしょう》　今は老大《ろうだい》の翁《おきな》となる
雅俗《がぞく》　賢愚《けんぐ》　皆死あり
一任《さもあらばあれ》　万事酒杯の中《うち》

昔は李太白をあおぎみて遺風を慕ったものだが、若造だった私も、今では老いさらばえた爺《じじい》になってしまった。しかし、雅《みやび》な人も俗物も賢人も愚者も、みんな死ぬのだ。ままよ、万事は酒杯の中に任せよう。

○太白　李白のこと。

對州吟　其一

京洛三千里
寄生水雲郷
門前惟風月
坐邊唯老荘
此上復何覓
身世共相忘

対州吟《たいしゅうぎん》　其の一

京洛《きょうらく》　三千里
生《せい》を寄《よ》す　水雲郷《すいうんきょう》
門前　惟《ただ》風月
座辺《ざへん》　唯老荘《ただろうそう》
此上《このうえ》復《ま》た　何をか覓《もと》めん
身世《しんせ》共に相忘《あいわす》る

京郷《けいきょう》は遠く三千里。
老いの身を、この水雲郷（対馬）で送っている。
門前にはただ風月があるだけ。
身辺には老子と荘子の道書のみ。
この上、何も覓《もと》めるものとてない。
もう身も世も、ともに忘れてしまったようだ。

偶成　其一

日對寒山倚石床
静思往事奈茫茫
近来八十余翁嘆
一句成兮一句忘

偶成《ぐうせい》　其の一

日《ひ》に寒山に対して　石床《せきしょう》による
静かに往事を思えば　茫茫《ぼうぼう》をいかんせん
近来《きんらい》　八十余翁《おう》の嘆《なげ》き
一句成りて一句忘る

日に痩山《やせやま》に向かって、石のベッドに寄りかかる。
静かに過ぎし事どもを思いかえせば、ぼんやりとかすんだ記憶をどうしよう。
近ごろ八十を過ぎた爺《じじい》の嘆きは、
一句詩ができたら一句を忘れてしまうことだ。

○偶成　　詩歌などがふと出来上がること。
○石床　　石のベッドのこと。

題畫　其一

嶂壁旋孤鷲
洞門過鹿群
黙然人似石
日夕伴寒雲

画《が》に題す　其の一

嶂壁《しょうへき》　孤鷲《こしゅう》めぐり
洞門《どうもん》　鹿群《ろくぐん》過《よ》ぎる
黙然《もくぜん》として　人は石に似たり
日夕《にっせき》　寒雲《かんうん》を伴《ともな》う

そそり立つ山壁《さんぺき》に一羽の鷲《わし》がゆっくりと旋回している。
洞門のあたりを鹿の群れが通り過ぎてゆく。
黙々と坐っている人の姿は、まるで石のようだ。
一日中、雲を伴って坐している。

弔崑崙

家犬亡来悲嘆中
自今海角一孤翁
汝埋庭際櫻株下
他日花開為孰紅

崑崙《こんろん》を弔《ちょう》す

家犬《かけん》　亡《うしな》い来たりて悲嘆《ひたん》の中《うち》にあり
今より海角の　一孤翁《いっこおう》
汝《なんじ》を埋《うず》む　庭際桜株《ていさいおうしゅ》の下《もと》
他日《たじつ》花開くも　孰《たれ》がためにか　紅《くれない》なり

愛犬崑崙を亡くしてとても悲しい。
私は今から孤島の一人ぼっちの翁《おきな》になってしまうのか。
お前を庭のほとりの桜樹の下《もと》に埋めたのだが、
春が来て咲くであろう花は、誰のために紅なのか。
（私も間もなく、この世とおさらばだ）

題畫詩

老矣烟霞客
秋風海嶼邊
道書今是枕
松下伴雲眠

画に題す詩

老矣《おいたり》　烟霞《えんか》の客《かく》
秋風　海嶼《かいしょ》の辺《へん》
道書《どうしょ》　今はこれ枕
松下　雲を伴って眠る

老いてしまった、この世外《せがい》の身。
秋風吹く海島のあたり。
親しんだ道学の書も、今は枕の代わりとなった。
松の根方で、雲を伴って眠るだけ。

○道書　道学の書のこと。

春日

一晴昨夜雨
朝来帯輕霞
鳩鳴屋後山
蝶舞階前花
慵懶枕書睡
覚時日復斜

春日《しゅんじつ》

一晴　昨夜の雨
朝来　軽霞《けいか》を帯ぶ
鳩は鳴く　屋後《おくご》の山
蝶は舞う　階前《かいぜん》の花
慵懶《ようらん》　書を枕にして睡《ねむ》り
覚《さ》むる時　日はまた斜めなり

カラッと昨夜の雨も晴れ、
朝方から軽い霞《かすみ》がうっすらとたなびいている。
鳩が裏山の木立で鳴き、
蝶が階《きざはし》の前の花に舞っている。
なまけものの私は、読み残しの本を枕にして眠り、
目覚めた時は、日がまた西に傾く頃。

口占

八十有余歳
次第身不全
山静樵客唱
水暖鳧翁眠
海角小天地
何厭送残年

口占

八十有余歳
次第に　身《み》　全《まった》からず
山は静かにして　樵客唱《しょうかくうた》い
水暖かく　鳧翁《ふおう》眠る
海角《かいかく》の　小天地
何ぞ厭《いと》わん　残年を送るを

八十あまりの老いぼれ。
だんだんと体は故障だらけだ。
山は静まりかえり、樵《きこり》の歌が聞こえてくる。
春とて水も温み、鳧《かも》の爺《じじい》が浮きながら眠っている。
この海の涯の小さな島（対馬）で、
残りの人生を送ることに、私は何の不足もないのだ。

泛湖

愛此清秋夕
呼舟泛湖中
眼穿波心月
耳掠水面風
好伴瓢裏酒
一斟百念空

湖《こ》に泛《うか》ぶ

愛するは　この清秋《せいしゅう》の夕《ゆうべ》
舟《ふね》を呼んで　湖中《こちゅう》に泛《うか》ぶ
眼《まなこ》を穿《うが》つ　波心《はしん》の月
耳を掠《かす》める　水面の風
好伴《こうはん》は瓢裏《ひょうり》の酒
一斟《いっしん》　百念《ひゃくねん》空《むな》し

愛するのは、この爽やかな秋の夕べ。
舟を呼んで 湖《みずうみ》に泛べる。
波間にキラキラ光る月は、眼《まなこ》を射《い》るように輝き、
耳をかすめるのは、水面《みなも》の風。
私にはよき伴《とも》がいる、それは瓢《ふくべ》の酒。
ひとたび斟《く》めば、胸中の愁は空《から》になる。

書軸「麻三斤」

對州吟　其二

一塵不到地
愛此白日閑
魚躍門前海
鹿遊屋後山
樵歌與漁唱
時交水雲間

対州吟　其の二

一塵不到の地
愛するは　此の白日の閑なるを
魚《うお》は躍る　門前の海
鹿は遊ぶ　屋後の山
樵歌《しょうか》と漁唱《ぎょしょう》と
時に交わる　水雲の間《はざま》

塵ひとつやってこない別天地。
愛するのは、この真昼ののどかさ。
魚はわが門前の海で躍りはねて、
鹿の群れは後ろの山で遊んでいる。
樵夫《しょうふ》が歌うと漁人《いさりびと》が唄う、
その声が時々、水と雲の間《はざま》であい交わっている。

海東吟

千里倦遊客
茫然倚寒窓
雪深小白嶺
冰鎖洛東江
野店數碗酒
羈愁不可降

海東吟

千里　倦遊《けんゆう》の客
茫然として　寒窓に倚《よ》る
雪は深し　小白嶺
氷は鎖《とざ》す　洛東江《らくどうこう》
野店数碗の酒
羈愁《きしゅう》　降《くだ》すべからず

千里の彼方からやって来て、旅に疲れはててしまったこの私は、
気力も失せて、茫然と旅舎の窓辺に倚りかかる。
雪は小白嶺に深く降りつもり、
氷は洛東江に厚くはりつめてしまった。
（もう、行くことも帰ることもできない）
村はずれの居酒屋で数碗の濁酒をあおってみたが、

そんなことでは、この旅の憂愁はどうすることもできないのだ。

○海東　韓国のこと。海東吟はすなわち韓国で吟じた詩。

〔参考〕荊園先生評曰「鶏林の風物　人をして愁絶ならしむ」
安朋彦先生評曰「不滅唐詩（唐詩に滅ぜず）」

呈順天堂主人

笠載早春雪
飄乎個人来
先撥地爐火
次置瓦缸醅
謝卿容我拙
欣然受一杯

順天堂主人に呈す

笠に早春の雪を載せて
飄乎《ひょうこ》として　個人は来たる
先ず地炉の火を撥《は》ねて
次に瓦缸《がこう》の醅《さけ》を置く
謝すらくは　卿《おんみ》がわが拙なるを容《ゆる》し
欣然《きんぜん》として　一杯を受く

笠に早春の雪をのせて、
飄然とあなたは訪ねてこられた。
寒かろうとて囲炉裏の火をかき出し、
粗末な酒壺《しゅこ》をそこに置く。
ありがたいことだ。あなたは私の生計の拙《つたな》さをおゆるしくださって、
うれしそうにこの一杯の酒をお受けくださった。

〔参考〕荊園先生評曰「情意自然　境も亦自然」

古城

存亡都是夢
遺蹟錦川濱
荒道埋蕭艾
残濠蔽藻蘋
花然虚苑夕
煙鎖古城春
今日悲歌客
明年泉下人

古城

存亡はすべてこれ夢
遺蹟《いせき》　錦川のほとり
荒道は蕭艾《しょうがい》にうずもれ
残濠は藻蘋《そうひん》におおわる
花はもえる　虚苑《きょえん》の夕
煙《もや》はとざす　古城の春
今日悲歌の客
明年泉下《みょうねんせんか》の人

世の興亡は、すべて夢なのか。

栄華の跡は、はかなくも岩国川の水辺に、そのなごりを留めているばかりだ。

曽て黄金をちりばめた馬車が往復したであろう道にはペンペン草が生い茂り、澄みきっていた濠の面《おも》は、すっかり水草におおわれてしまった。

花が人気《ひとけ》のないうつろな苑《にわ》にもえるように赤く、
春の煙《もや》がとざすように古城をつつんでいる。
しかし思えば、古《いにしえ》を弔い悲しく歌うこの私も、
やがて、黄泉《よみ》の国に去ってゆく身なのだ。

春寒

一二三杯又一杯
典衣傾盡瓦缸醅
陶然醉臥花林下
陣陣春寒驚夢來

春寒《しゅんかん》

一二三杯《いちにさんばい》　又《また》一杯
衣《い》を典《てん》じて傾け尽《つく》す瓦缸醅《がこうばい》
陶然《とうぜん》　酔臥《すいが》す花林の下《もと》
陣陣《じんじん》たる春寒　夢を驚かし来たる

一杯飲み、二杯飲み、また一杯と傾けているこの安酒は、衣服を質《しち》に入れて得た金で買ったものだ。酔後、陶然と花の咲く林の下で一睡したのは実によかったが、夜が更けて、陣陣とおそいかかる春寒に、うまし夢を破られてしまった。

○典衣　衣類を質に入れること。
○瓦缸醅　瓦の壷に入った粗末な酒のこと。
○陣陣　切れ切れに続くさま。

〔参考〕荊園先生評曰「清逸《せいいつ》」

舊酒痕

秉燭夜遊桃李園
罰杯傾盡醉昏昏
如今猶撿春衣上
數点當年舊酒痕

旧酒痕《きゅうしゅこん》

燭《しょく》をとりて夜遊《やゆう》す桃李園《とうりえん》
罰杯《ばつはい》傾け尽して酔昏昏《すいこんこん》
如今《じょこん》なお撿《み》る春衣上《しゅんぴじょう》
数点当年《とうねん》の旧酒痕

燭《しょく》をもち出して、夜も桃や李《すもも》の咲く荘園で宴遊したものだ。
私が詩が出来ぬとて、罰の酒杯を強いられて、昏々と酔ってしまった。
今年も春がめぐり来て、春衣をひっぱり出してみたら、ひどいシミのあと。
これこそ、あの夜《とき》の酒のシミ痕《あと》なのだ。
(ああ、酒のシミすら懐かしい)

○桃李園　李太白「春夜宴桃李園序」は「夫れ天地は万物の逆旅にして、光陰は百代の過客なり」で始まる。魏・西晋時代の官僚、石崇の別荘金谷園に倣って、長安に李白が造った園である。ここでは桃や杏の咲いている庭園のこと。
○罰杯　詩が出来ぬ者が飲む罰の杯《さかずき》のこと。詩が出来ないと罰として酒を飲むという金谷園の故事にちなむ。
〔参考〕荊園先生評曰「無限風情（限りなき風情《ふぜい》）」

送新鐵居士

錫拂春風出故丘
千山萬水路悠悠
知君他日結庵處
雲鎖孤峯最上頭

新鉄居士《しんてつこじ》を送る

錫《しゃく》は春風《しゅんぷう》を払って故丘《こきゅう》を出《い》づ
千山万水《せんざんばんすい》　路《みち》　悠悠《ゆうゆう》たり
知る　君が他日《たじつ》庵《いおり》を結ぶ処《ところ》
雲は鎖《とざ》す孤峯《こほう》の最上頭《さいじょうとう》

錫杖《しゃくじょう》で春風を払いながら故郷を出発してゆく君。
その前途には、千山、万水が果てしなく続いているのだ。
しかし、私は知っている。君が将来、庵を盤結《ばんけつ》するその処を。
そこは雲が深くとざす孤峰の頂上なのだ。

○最上頭　頂上のこと。

〔参考〕荊園先生評曰「酷似古人之作（はなはだ古人の作に似たり）」

晋陽作

晋陽客舍菊花薫
他國秋風已十分
更渡南江無限思
數聲雁叫古城雲

晋陽《しんよう》の作

晋陽の客舎《かくしゃ》　菊花《きくか》は薫《かお》る
他国の秋風《しゅうふう》は已《すで》に十分
さらに南江《なんこう》を渡れば限りなきの思いあり
数声《すうせい》の雁《がん》は叫ぶ　古城《こじょう》の雲

晋州のはたごの（庭に）菊の花が薫っている。
異国に吹く秋の風は、すでに旅人（私）を悲しませるに十分である。
さらに南江橋を渡れば、あふれんばかりの思いをどうすることもできない。
（それは日本の武将と妓娘《ぎじょう》の悲恋を憐《あわ》れむからだ）
（そんな時）一群の雁が古城の雲の中を叫びながら（飛んでいく）。

○晋陽　韓国・慶尚南道晋州。
○南江　晋州市を流れる河。文禄・慶長の役の折、女スパイ朱論介《ろんげい》が毛谷村六助ととももに身を投げたとされる。諸説あり。

〔参考〕荊園先生評曰「明七子遺響（明七子の遺響《いきょう》）」

過昆明

暁堂師有古禪風
曽見菁南書院中
多率寺門何處是
昆明一路雨濛濛

昆明《こんめい》を過《よ》ぎる

暁《ぎょう》堂師《どうし》に古禅《こぜん》の風《ふう》あり
曽《かつ》て見《まみゆ》る　菁南書院《せいなんしょいん》の中《うち》
多率寺門《たそつじもん》　何《いず》れの処《ところ》にかこれなるを
昆明の一路《いちろ》　雨は濛濛《もうもう》たり

暁堂崔凡述《さいぼんじゅつ》先生には古い禅僧の風格があります。
かつて書人、呉先生の菁南書院でお目にかかりました。
先生のおられる多率寺はどのあたりにあるのでしょうか。
昆明のひとすじの路は雨が濛濛とけぶっています。
（先生の学徳の深さのように）

○昆明　韓国・慶尚南道にある。
○崔暁堂　韓国茶道の中興の祖といわれる僧。韓国における憲法の制定委員でもあった。

〔参考〕荊園先生評曰「晩唐佳境（晩唐《ばんとう》の佳境《かきょう》）」

書軸「開門月渉天」

寄鐵禪士

鴻城雪裡梅花發
遙憶洛陽古法窟
千囀鶯聲應破禪
萬年山上春三月

鉄禪士《てつぜんし》に寄《よ》す

鴻城《こうじょう》の雪裡《せつり》　梅花《ばいか》ひらく
遥《はる》かに憶《おも》う洛陽《らくよう》の古法窟《こほうくつ》
千囀《せんてん》の鶯声《おうせい》はまさに禅を破るべし
萬年山上《まんねんさんじょう》の春三月

（私のいる）山口は今、雪の中、梅の花が咲いている。はるかに京都のお寺で修行をつんでいる承鉄禅士のことを憶う。しつこく啼く鶯の声がきっと君の禅定《ぜんじょう》を破ることだろう。萬年山（相国寺）は今、春三月ですから（無理もなかろう）。

○鴻城　山口の古称。
○古法窟　古寺のこと。この二句目（承《しょう》の句）は下仄三連《かそくさんれん》で詩病なるも、仄韻詩なので許されるのではないだろうか。

○萬年山　大本山相国寺の山号

留別

身似瓢蓬不可留
逐風分散寂寥秋
車窓欲暮重回首
寒雨残煙隔備州

留別《りゅうべつ》

身は瓢蓬《ひょうほう》に似《に》て　留《とど》まるべからず
風を逐《お》うて分散す　寂寥《せきりょう》の秋
車窓暮れなんと欲《ほっ》して　重ねて首《こうべ》を回《めぐ》らせば
寒雨残煙《かんうざんえん》　備州《びしゅう》を隔《へだ》つ

この身は瓢蓬に似て、留まることがかなわないのだ。
風に吹かれて分《わか》ちゆく、（この）わびしき秋に。
列車の窓は暮れなずみ、（私は）重ねて後を振り返れば、
寒々とした雨と消え残る靄《もや》の中、君が在《いま》す備州は遠ざかる。

○瓢蓬　よもぎが風に吹かれるように、所を定めず放浪すること。

呈李厚洛先生

秋風嶺上雨瀟瀟
夜走輕車破寂寥
有約龍山明日會
夢魂已渡漢江橋

李厚洛《りこうらく》先生に呈《てい》す

秋風嶺上《しゅうふうれいじょう》　雨瀟瀟《しょうしょう》
夜　軽車を走らせて寂寥《せきりょう》を破る
約あり龍山《りゅうざん》　明日《みょうにち》の会
夢魂《むこん》はすでに渡る　漢江橋《かんこうきょう》

秋風嶺上に雨が瀟々と降っている。
夜、車を走らせて、静寂《しじま》を破る。
明日、龍山（の先生のお宅）でお会いする約束があります。
（私の）まどろむ夢は、すでに先生の在《いま》すソウル市の入り口、漢江橋を渡りました。

○李厚洛　元大韓民国中央情報部長。
○秋風嶺　南からソウルに向かう途中の忠清道《ちゅうせいどう》にある峠。
○瀟瀟　風雨が静かにうら寂しく降るさま。

○龍山　ソウル市内にある。
○漢江橋　ソウルに入る手前の橋。
〔参考〕荊園先生評曰「風神婉約朗朗可誦（風神婉約朗朗誦《ふうじんえんやくろうろうじゅ》すべし）」

呈周東隠士

後以匡廬岑亂起
前如彭澤水平舗
居然疑是陶潛宅
不問門無柳五株

周東《しゅうとう》の隠士《いんし》に呈《てい》す

後《うしろ》は匡廬《きょうろ》に似《に》て　岑《みね》乱れ起こり
前は彭澤《ほうたく》の如《ごと》く　水平《たいら》かに舗《し》く
居然《きょねん》として疑《うたが》うらくは是れ陶潛《とうせん》が宅かと
問《と》わず門に　柳五株《ごしゅ》無きを

後ろの山は廬山《ろざん》に似て、岑みねが乱れ起こり、前は彭沢湖のように、水がひろがっている。あなたの住まいは、まるで陶淵明《とうえんめい》の宅かと疑いたくなる。淵明の住まいの門には柳が五株あったというが、それが無いだけだ。

○周東隠士　周防の由宇に住んだ老翁。
○匡廬　江西省《こうせいしょう》にある名山、廬山のこと。
○彭澤　江西省湖口県の東、陶淵明が県令に任じられた地の湖の名。

○陶潜　陶淵明のこと。
○柳五株　陶淵明宅の門前に柳が五株植えられてあった。故に五柳先生という。
〔参考〕荊園先生評曰「首尾齊整（首尾齊整《しゅびせいせい》）」

梅雨

數株梅子欲収初
雨濺園林密又疎
俄撥爐灰焚榾柮
濕浸板屋一床書

梅雨《ばいう》

数株《すうしゅ》の梅子《ばいし》　収《おさ》めんと欲《ほっ》する初め
雨は園林《えんりん》に濺《そそ》いで　密《みつ》また疎《そ》なり
俄《にわか》に炉灰《ろかい》を撥《は》ねて　榾柮《こつとつ》を焚《た》く
湿《しつ》は浸《おか》す　板屋一床《ばんおくいっしょう》の書

数株ばかりの梅の実を拾わんとする頃。
雨は庭に、密にまた疎に降りそそぐ。
にわかに囲炉裏の灰を撥ねて、ほだを焚くことにしよう。
板張りの我が家は湿気におかされやすく、（大切な）書物が湿ってしまうから。

○榾柮　薪のこと。木の切れ端。

長安

長安城裡足秋風
槐柳蕭疎繞古宮
治亂興亡都是夢
慈恩雁塔夕陽中

長安《ちょうあん》

長安城裡《じょうり》　秋風《しゅうふう》足《た》れり
槐柳《かいりゅう》　蕭疎《しょうそ》として古宮《こぐう》をめぐる
治乱興亡《ちらんこうぼう》　都《すべ》てこれ夢
慈恩《じおん》の雁塔《がんとう》は夕陽《せきよう》の中《うち》

長安には今、秋の風が吹きみちている。
槐《えんじゅ》や柳の樹が、まばらに荒れ果てた宮殿をめぐっている。
（人の世の）治乱興亡はすべて夢なのか。
（ただ）慈恩寺雁塔だけが今も残り、夕陽の中に立っている。

○長安　現在の中国・西安。
○慈恩寺　唐の高宗が太子《たいし》の時、文徳《ぶんとく》皇后のために建てた寺。
○雁塔　慈恩寺の七層の仏塔。唐の高僧玄奘三蔵が、インドから持ち帰った経典や仏像を納めるために建立した塔。

安西

胡天一碧蓋平沙
蜃氣欺人象水涯
暮入安西維駱駝
月中貪食白蘭瓜

安西《あんざい》

胡天《こてん》　一碧《いっぺき》　平沙《へいさ》を蓋《おお》う
蜃気《しんき》　人を欺《あざむ》いて水涯《すいがい》を象《かた》どる
暮《くれ》に安西に入りて　駱駝《らくだ》を維《つな》ぎ
月中《げっちゅう》　貪《むさぼ》り食《くら》う　白蘭瓜《びゃくらんか》

西域の空は碧《みど》り色をして砂漠を蓋《おお》い、蜃気楼《しんきろう》が人をだまして、（砂漠にないはずの）水辺をかたどっている。暮れがた安西の街に着き、駱駝をつなぎ、月の下で、かぶりつく白い瓜。

○安西　河西《かさい》の街。
○白蘭瓜　西域地方に産する白い瓜。極めて甘い。

西安所見

大唐遺跡夕陰寒
城北城南轉眼看
只有慈恩層塔在
行人為認舊長安

西安所見《せいあんしょけん》

大唐《だいとう》の遺跡　夕陰《せきいん》寒し
城北城南《じょうほくじょうなん》　眼《まなこ》を転じて看《み》る
只《ただ》　慈恩層塔《じおんそうとう》の在《あ》る有り
行人為《こうじんため》に認《みと》む　旧長安《きゅうちょうあん》

唐の都は遺跡となり、夕べの翳《かげ》りに寒々としている。
あちらこちら手をかざしながら望《なが》めやる。
（突忽《とっこつ》として）慈恩寺の雁塔《がんとう》だけが目立つ。
旅ゆく人（私）は、なるほどここが旧《もと》の長安かと納得する。

驪宮

驪宮残柳帯風斜
池畔無人有浴鴉
猶學當年妃子笑
芙蓉映水兩三花

驪宮《りぎゅう》

驪宮の残柳《ざんりゅう》　風を帯《お》びて斜《なな》めなり
池畔《ちはん》　人無く　浴鴉《よくあ》有り
猶《なお》　学ぶがごとし　当年《とうねん》　妃子《きし》の笑《えみ》
芙蓉《ふよう》　水に映《えい》ず両三花《りょうさんか》

驪《り》山宮《ざんきゅう》の老いし柳は風に吹かれて斜めになびく。
池の畔《ほとり》には人影もなく（曽《かつ》て楊貴妃《ようきひ》が浴を賜《たまわ》った華清池《かせいち》では）
今は鴉《からす》が水浴びをしている。
でもなお、あの頃の楊貴妃の（艶麗《えんれい》な）笑みを学んでか、
蓮の花が水に映えて二、三、開いている。

○驪宮　陝西省《せんせいしょう》にあり、唐の玄宗が建てて楊貴妃と歓楽を尽くした離宮。

巫山

絶獄夾江千萬重
奔波激浪勢如龍
嬋娟神女在何處
雲鎖巫山十二峰

巫山《ふざん》

絶獄《ぜつがく》　江を夾《はさ》んで千万重《せんまんちょう》
奔波激浪《ほんぱげきろう》　勢い龍の如《ごと》し
嬋娟《せんけん》たる神女《しんにょ》は何《いず》れの処《ところ》にか在《いま》す
雲は鎖《とざ》す　巫山の十二峰《じゅうにほう》

絶壁が長江を夾んでどこまでも重なり、
逆まく波の勢いはまさに龍の如くだ。
麗しい神女はどこに在すのか、
雲が巫山の十二の山々を深く閉ざしている。

○巫山　中国の四川・湖北両省の境にある名山。長江が貫流して巫峡を形成する。
○神女　楚の懐王が高唐に遊び、夢の中で巫山の神女と契った。神女が「妾は巫山の陽、高丘の岨《そ》に在り。旦《あした》には朝雲となり、暮れには行雨となる」と言って立ち去ったという故事が宋玉「高唐賦」にある。この故事により、男女の交わりを「雲雨情」という。

巫峡

一夜船維白帝城
大江欲下待天明
巫山忽見朝雲起
猶是當年神女情

巫峡《ふきょう》

一夜《いちや》船を維《つな》ぐ　白帝城《はくていじょう》
大江《たいこう》　下《くだ》らんと欲して　天明《てんめい》を待つ
巫山《ふざん》忽《たちま》ち見る　朝雲《ちょううん》の起《おこ》るを
なお是《これ》　当年《とうねん》　神女《しんにょ》の情《じょう》

夜、船を白帝城の下に維《つな》ぎ、
長江を下《くだ》ろうとして夜明けを待つ。
巫山の辺りに朝の雲が起こっているのを見れば、
（せつない）当時の神女の情《こころ》がしのばれる。

書軸「與君談笑鎮胡沙」

昭君村

瞿塘峡口水煙昏
灩澦堆頭激浪奔
忽下西陵開兩岸
船長遙指昭君村

昭君村《しょうくんそん》

瞿塘峡口《くとうきょうこう》　水煙昏《すいえんくら》し
灩澦堆頭《えんよたいとう》　激浪奔《げきろうはし》る
忽《たちま》ち西陵を下れば　両岸《りょうがん》開く
船長遥《はる》かに指《ゆび》さす　昭君村

瞿塘峡の辺りは水けむりでうす暗く、（難所で知られる）灩澦堆《えんよたい》のほとりは、激しく浪が走っている。たちまち西陵峡まで下ってくれば、ぱっと両岸が開《ひら》けて、船長が遠くを指さして、あの辺りが王昭君の生まれた村ですよ、と（教えてくれた）。

○瞿塘峡　長江の三峡の一つ。
○灩澦堆　瞿塘峡の入口にある大きな岩の名。
○西陵　三峡の一つ、西陵峡。

○昭君村　王昭君の生まれたところ。前漢の元帝の官女。名を嫡《てき》という。元帝の命で匈奴に嫁し、王朝の政策の犠牲となった。

對州雑詩　其一

鴎盟鷺約水雲郷
中酒花前獨嗅香
可笑餘生只如此
遲遲春日欠伸長

対州雑詩《たいしゅうざつし》　其の一

鴎盟鷺約《おうめいろやく》　水雲郷《すいうんきょう》
酒に中《あた》りて　花前《かぜん》　独《ひと》り香《か》を嗅《か》ぐ
笑うべし　余生《よせい》　ただ此《かく》の如《ごと》し
遅遅《ちち》たる春日《しゅんじつ》　欠伸《けっしん》長し

鴎《かもめ》や鷺《さぎ》の友と過ごす、のどかな郷《さと》。
二日酔いの日は、花の前でひとりその香を嗅ぐ。
笑ってください、私の余生はこんなものです。
ゆっくりと時が流れる春の日、あくびばかりが長くなる。

○欠伸　あくび。

對州雜詩　其二

天涯老去又何求
無學不悲頑不憂
濁酒三杯發豪氣
海門睥睨怒濤秋

対州雑詩　其の二

天涯《てんがい》　老い去って　又《また》何をか求めん
無学《むがく》を悲しまず　頑《がん》を憂《うれ》えず
濁酒三杯　豪気《ごうき》を発す
海門に睥睨《へいげい》す　怒濤《どとう》の秋

天の涯《はて》なる対馬で老いぼれて、このうえ何が欲しいというのか（何も欲しくはない）。私は無学なことを悲しいとも思わないし、頑固な性格も悪いとは考えていない。にごり酒を三杯あおれば元気も出る。（そして）海峡の高みに立ち、逆まく怒涛をにらみつけてやるのだ。

○海門　海峡のこと（朝鮮海峡）。
○睥睨　はばかることなく見まわす、にらみつけること。

照海花　其一

謝盡群芳有別華
對州浦上屬漁家
千株映水明於月
名亦呼為照海花

照海花《しょうかいか》　其の一

群芳《ぐんほう》　謝《ち》り尽して　別《べつ》に華《はな》あり
対州　浦上《ほじょう》の漁家《ぎょか》に属《ぞく》す
千株《せんしゅ》　水に映じて月よりも　明《あきらか》なり
名もまた呼んで照海花たり

花々が散り尽した後に（春の終わりを彩る）花がある。
それは対馬の浦辺《うらべ》の漁人たちの家の近くに咲く。
たくさんの白い花が一斉に開けば、夜は月の光よりも明るく海に映じ、
名前もその如く照海花と呼んでいる。

○照海花　ウミテラシ、ひとつばたご、ナンジャモンジャ等の名がある。四、五月に白い花をつける対馬のシンボル。

照海花　其二

羊腸路絶古津涯
月下遍開照海花
良夜無由買春酒
一湾燈火釣魚家

照海花《しょうかいか》　其の二

羊腸《ようちょう》の路《みち》は絶《た》える　古津《こしん》の涯《ほとり》
月下　遍《あまね》く開く　照海花
良夜《りょうや》　春酒《しゅんしゅ》を買うに由《よ》し無し
一湾《いちわん》の灯火は釣魚《ちょうぎょ》の家

羊の腸《はらわた》のようにくねくねとした道路が、やがて古い渡場《わたしば》に突き当たる。
月の下《もと》、照海花が満開だ。
この良き夜に酒を買うすべがない。
湾内の灯火《ともしび》は全部漁師の家ばかり（酒家は一軒もないのだ）。

暮春作

墟里炊煙帶落霞
亂紅深處夕陽斜
風前坐覺春愁畳
稚子無心捉柳花

暮春《ぼしゅん》の作

墟里《きょり》の炊煙《すいえん》　落霞《らくか》を帯《お》びる
乱紅《らんこう》深き処《ところ》　夕陽《せきよう》斜めなり
風前《ふうぜん》そぞろに覚《おぼ》ゆ　春愁《しゅんしゅう》の畳《たたなわ》なるを
稚子《ちし》は無心に　柳花《りゅうか》を捉《とら》う

村里《むら》の竈《かまど》の煙は低く垂れて霞とともにたなびいている。
乱れ散る花の深きところに、夕日が斜めに差し込む。
風の中、春の愁《うれい》の次第につのることも識《し》らないで、
稚子《おさなご》は無心に、飛ぶ柳の絮《わた》を追い捉まえて遊んでいる（日の暮れるのも忘れて）。

聞杜鵑

一輪明月破雲生
高閣危欄倚晩晴
此夜誰人不思國
千山萬壑杜鵑聲

杜鵑《ほととぎす》を聞く

一輪の明月　雲を破りて生《しょう》ず
高閣危欄《こうかくきらん》　晩晴《ばんせい》に倚《よ》る
此夜《このよ》誰《たれ》人か国を思わざらん
千山万壑《せんざんばんがく》　杜鵑《とけん》の声

一輪の月が雲を破って出て来た。
高閣《たかどの》の突き出た欄干に倚りかかり、晩晴を眺めやる。
このような夜に、離れた故郷を思わない人がどこにいようか。
（まして）千の山、万の壑《たに》に杜鵑が啼き叫ぶ（この時）に。

雲庵作

母老今春八十年
宿痾泉姉閉窓眠
俄祭神農煮生薬
蓬頭白似地爐煙

雲庵《うんあん》作

母は老いて今春《こんしゅん》　八十年
宿《しゅく》痾《あ》の泉姉《せんし》　窓を閉《とざ》して眠る
俄《にわか》に神農《しんのう》を祭りて　生薬《しょうやく》を煮れば
蓬頭《ほうとう》は地炉《じろ》の煙よりも白し

老母は今春で八十歳になられる。
長い患いの姉、泉石は窓を閉め切って眠っている。
（母と姉のため）薬の神様を俄かにお祭りして、煎じ薬を煮れば、
（我が）ぼさぼさの頭は炉より立ちのぼる煙よりも白い。

○雲庵　先考雲道人が山口市に結んだ旧居。
○神農　薬の神。
○生薬　漢方薬。

洛下作　其一

洛下東山皛水頭
柳煙花霧憶曽遊
汝為老妓仍吹篴
二十年前舊酒樓

洛下《らくか》の作　其の一

洛下東山《とうさん》　皛水《ふすい》の頭《ほとり》
柳煙花霧《りゅうえんかむ》　曽遊《そうゆう》を憶《おも》う
汝《なんじ》は老妓《ろうぎ》となって仍《なお》　笛を吹く
二十年前《ぜん》の旧酒楼《きゅうしゅろう》

京都東山《みやこひがしやま》、鴨川《かもがわ》のほとりに立てば、
柳の煙、花の霧に曽ての遊興を憶う。
おまえは老いた身でまだ笛を吹いて暮らしているのか（痛ましい限りだ）。
二十年前にあなたに会ったこの旧き酒楼で、なお今も。

○洛下　　都。
○皛水　　鴨川。

洛下作　其二

大半酒盟泉下人
曽遊如昨鳧川濱
年垂七十未灰思
衰眼猶追京洛春

洛下《らくか》の作　其の二

大半の酒盟《しゅめい》は泉下《せんか》の人となり
曽遊《そうゆう》は昨《さく》の如《ごと》し　鳧川《ふせん》の浜《ほとり》
年　七十《ななじゅう》に垂《なんなん》として　未《いまだ》　灰ならざるの思《おもい》あり
衰眼《すいがん》なお追《お》う　京洛《きょうらく》の春

多くの飲み友達もあの世の人となってしまった。
曽ての宴をつい昨日のように思い起こす鴨川の浜《みずべ》。
私は七十歳になろうとしているのだが、まだ心は燃え尽きてはいないようだ。
衰えた眼《まなこ》を今もぎょろつかせて、京洛《みやこ》の春を追っている。

偶成　其二

八十餘年石火中
回頭苦楽亦都空
贏得残生閑日月
麻衣草座領清風

偶成《ぐうせい》　其の二

八十余年　石火《せきか》の中《うち》
頭《こうべ》を回《めぐ》らせば　苦楽も亦《また》すべて空《くう》となる
贏得《かちえ》たり　残生《ざんせい》の閑日月《かんにちげつ》
麻衣草座《まえそうざ》　清風《せいふう》を領《りょう》す

八十余年は一瞬の火花のように去っていった。
思えば、苦も楽も過ぎ去ればあとかたもないものだ。
ただ残ったのは、余命いくばくもない無為の日々。
麻衣《あさころも》を着て草に坐し、心地よい風を胸いっぱいに吸い込もう。

扶余作

扶余千歳舊都城
路上行人無限情
白馬江頭説哀史
百花巌畔杜鵑聲

扶余《ぷよ》の作

扶余は千歳の旧都城《きゅうとじょう》
路上の行人《こうじん》　限り無きの情《じょう》
白馬江頭《はくばこうとう》　哀史《あいし》を説く
百　花巌畔《ひゃっかがんぱん》　杜鵑《とけん》の声

扶余の地は、千年前に栄えた百済《くだら》の都だ。
旅ゆく人（私は）、限りない情にかられる。
（今に流れる）白馬江のほとりで、悲しい往昔《おうせき》の物語を聞けば、
（国破れて）百花巌上《がんじょう》より（身を投じて果てた幾多の嬪娥《ひんが》たちの叫びの如く）、
杜鵑《ほととぎす》が血に啼いている。

○扶余　百済の都。西暦六〇〇年に、唐・新羅の連合軍によって滅ぼされた。
○百花巌　落城の日、官女たちがそれぞれ色鮮やかな衣裳をまとい、この巌上から飛び降

りた様は、恰《あたか》も花が舞い散っているように見えたと伝えられる。

鳥嶺

正是鶏林第一郷
嶺雲渓月自清涼
樵人不識山中好
復枕松根夢漢陽

鳥嶺《じょりょう》

正にこれ鶏林の第一郷
嶺雲渓月　自ら清涼たり
樵人は識らず　山中の好しきを
また松根を枕として　漢陽を夢みる

ここは韓国で一番の理想郷だ。
嶺にうかぶ雲、渓に映る月は、まことに清く涼しい。
ここの樵人《きこりびと》たちは、この山中の好ましさを知らないで、
また繁華に憧れて松の根方を枕にして、遠いソウルの夢を見ている。

○鳥嶺　慶尚北道聞慶の古称。険しく鳥しか渡れないというので、鳥嶺という。ソウルに通じる関門を鳥嶺関という。
○漢陽　ソウルのこと。

首夏　其二

苦茗一啜睡魔降
階下青苔入眼濃
懶客初驚春已逝
夏雲簇簇領群峰

首夏　其の二

苦茗《くめい》　一啜《いってつ》　睡魔を降《くだ》す
階下《かいか》の青苔《せいたい》　眼《まなこ》に入りて　濃《こまやか》なり
懶客《らんきゃく》　初めて驚く　春すでに逝《ゆ》けり
夏雲簇簇《かうんぞくぞく》として　群峰《ぐんぽう》を領《りょう》す

苦みのきいた茶を一啜《ひとすす》りして、睡魔を追い払う。
階《きざはし》の下《もと》の苔は（いつの間にか）青々と色益し、私の眼に飛び込んでくる。
なまけもの（の漢《おとこ》）は、春がすでに去ったことに驚いている。
夏雲がむらむらと、辺りの峰々を乗っ取っているではないか。

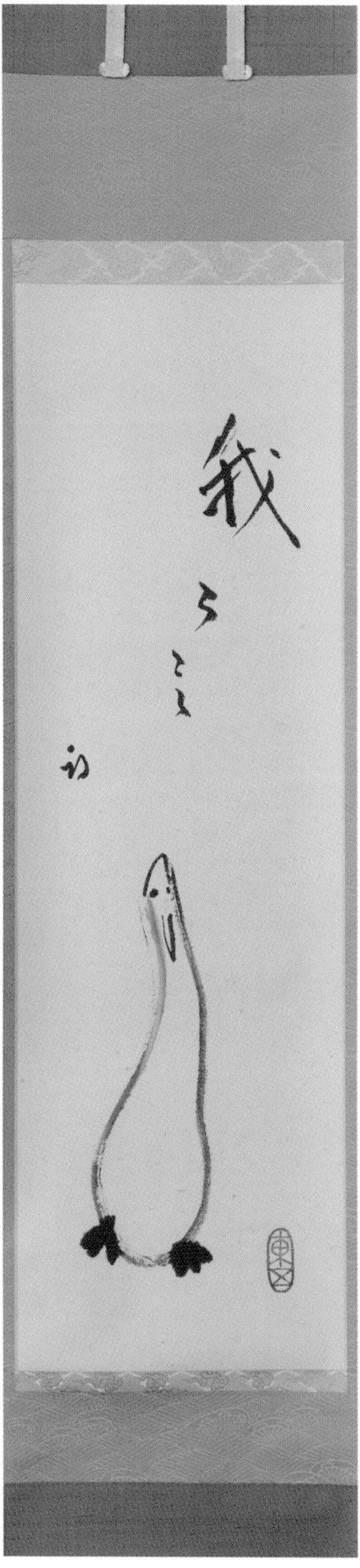

画軸「我々々」久田宗也宗匠賛

新秋夕

清泉一掬潤枯腸
風露傳秋下石床
數点流螢明又滅
晩山雲氣轉蒼涼

新秋夕

清泉　一掬《いっきく》　枯腸《こちょう》を潤す
風露は秋を伝えて　石床《せきしょう》に下る
数点の流蛍　明《めい》また滅《めつ》
晩山の雲気　うたた蒼涼なり

泉の水を一すくい、枯れたはらわたをうるおす。
露は、秋が来たぞと知らせるように石の床にかかる。
数点の秋蛍《あきほたる》が、かよわい光をまたたかせ、
山の気配は、ぞっとするほど冷ややか。

○螢　対馬には秋にも蛍がとぶ。その風情は嫋々たり。

題畫　其二

遠隔雲山千萬重
只餘鳥道絶人蹤
古寺殘僧出自定
一痕月上薜蘿窓

画に題す　其の二

遠く　雲山を隔つ　千万重《せんまんちょう》
ただ鳥道《ちょうどう》を余して　人蹤《にんしょう》を絶《ぜっ》す
古寺の残僧　定《じょう》より出《い》ず
一痕《いっこん》の月は上《のぼ》る　薜蘿窓《へきらそう》

ここは、遠く雲山を隔てること幾重《いくえ》なり。
ただ鳥の交《かよ》う道だけで、人の迹《あと》は絶えた。
そこに古寺があり、老僧が禅定をとけば、
一輪の月が、薜蘿のつたをまとう窓に上りかかる。

弔承銕禪士

道俗雖相隔
百年志欲同
先花君去矣
坐覚洛陽空

承銕禅士を弔う

道俗　相隔《へだ》つるといえども
志《こころざし》　同じからんと欲す
花に先んじて　君去りぬ
そぞろに覚ゆ　洛陽の空しきを

佛界と、俗世と、隔てて生きていても
道を求める心だけは同じでありたい、と願っていた。
君は、この（初春）花に先立って去《い》ってしまった。
しみじみと感じるのは、（君のいない）この京《みやこ》の空《うつろ》なことだ。

跋　詩縁　東五先生との初会の思い出

馬　彪

魚躍門前海　鹿遊屋後山

「魚は躍る門前の海　鹿は遊ぶ屋後の山」という漢詩の対聯《ついれん》に目を留めたのは、友人の篆刻家、山口の原田輝代雄氏のお宅を訪ねた時であった。今振り返って指を折ると、その年はちょうど私が中国の大学のポストを離れ、日本の大学に勤め始めて、奇しくも十五年目に当たっていた。

山、海の間《はざま》に、魚、鹿とともに栖《す》むのは誰か。それが書かれていなくとも、中国の文人であれば、主人公は仙人であるとしか考えられないだろう、と私は言った。これが、文人小林東五が詠じた漢詩「對州吟」との初めての出合いである。この漢詩が、東五先生との忘年の交を訂するきっかけとなろうとは、当時は思いもしなかった。

漢詩の題にある對州とは対馬の別称。日本の北西端に位置する島嶼であり、北に朝鮮海峡を臨み、晴れた日には韓国釜山が望める。西は海を挟んで中国大陸に面している。東五先生がよく用いられる「西海老漁」という自称は、「對州」の立地の所以であろうか。

それから半年後、「仙人」にお会いするような思いで、原田氏に伴われて私は山口から對州書院に初めて飛び込んでいった。

書院はたしかに、山を背負って海に面する仙境であった。一人の和服長髭の方に迎えていただいた。「初めまして」と申し上げた瞬間、なんと孔子が初めて老子に会った時に言った「吾今日老子と見《まみ》ゆるに、其れ猶お龍のごときか」（『史記』老子列伝）と同じ感動を、図らずも覚えたのであった。

私は「文を以て友と会《かい》す」という伝統的な中国の礼法に従い、拙著『秦漢豪族社会研究』と、内藤湖南『中国史学史』の中国語拙訳を差し上げたら、会話は一気に明治時代に遡っていった。

東五先生の父君小林全鼎（雲道人）先生を取り巻く人士、西田幾多郎、鈴木大拙、内藤湖南から、当時日本に滞在していた呉昌碩《ごしょうせき》、羅振玉《らしんぎょく》、王国維《おうこくい》等にまで話が及び、大いに盛り上がった。学術的見解というより、むしろ東五先生らしく「某先生は、学問は優れているかもしれないが、詩文はあまり面白くない」というコメントが印象に残る。

話の流れは、勢い東五先生の漢詩へと続いた。一九七〇年代、古窯研究のために渡韓した時、意思をよく通わせるためには、現地の通訳より漢詩の応酬の方が密度が高かったという。当時はまだ韓国に漢詩人、儒者が生き残っていた。

鹿に興味がある私は、「對州吟」に登場する鹿について尋ねた。書院の庭によく訪ねてくる鹿について、「鹿で最も美しいのは、目だよ」とおっしゃった先生の独特の審美眼には頭が下がった。なるほど「對州窯」の陶磁器の魅力は、やはり仙人の目を通してしか生み出し得ない美しさがある。「詩情」ある焼き物だろうと、私なりにイメージした。

昼食は先生自らが調《ととの》えられたお膳であった。東五先生は実は日本料理に精通した方だということを、後《のち》の晩餐の時に料亭の女将が教えてくれて、納得したことだった。和食に殊のほか目のない私だが、例えば蒸し料理が盛られた一皿は、目を見張るような先生作の刷毛目の大鉢であった。


話は前後するが、その日の午後、東五先生所蔵の秦磚《しんせん》、漢瓦《かんが》、古書画等を拝見した。先生がある銅印一顆《いっか》を私の前に置かれた時、思わず鳥肌が立った。私が漢代史を研究していることもあり、「これは前漢代の名将、衛青大将軍の銅印ではないか」と、思わず嘆声を挙げてしまったのだった。

「もし真物ならば、この印はニュース性のある発見で、学界に大きな波紋を起こすかもしれない」と、会話はその日一番の盛り上がりをみせた。先生は「さらに究明の余地があるが、この銅印は元々、文化人類学者故金関丈夫《かなせきたけお》博士が金印を添えて父に贈られたものです。あなたが今お勤めの山口大学教授をなさっておられる、日本考古学の金関恕《かなせきひろし》先生の御尊父が、金関丈夫先生です」と付言された。

話は尽きることを知らなかった。その夜の宴会中談余、食文化にも精通されて多くの名文を遺された中国北宋代の蘇東坡先生に話が及んだ。東五先生はメニューシートに蘇東坡の摘句《てきく》「夢繞雲山心似鹿」と書いてくださった。「夢は雲山を繞《めぐ》り心は鹿に似たり」。東五先生の「坡聖」と「鹿」への思いもまた深いことを知り、私は今もなお忘れ難い。

中国には「詩者吟詠性情也（詩は性情を吟詠すなり）」という文人の言がある。東五先生における詩は、まさに對州の立地と同じく、日・中・韓、東アジアの文化が、互いの「縁」となって極まってきたことに、一層の感を深くしたことであった。

時年壬寅　二月吉日

湯田温泉に於いて

（山口大学人文学部名誉教授）

小林東五とは──年譜に代えて

本書を手にとっていただき、心より感謝申し上げたい。

現代において、小林東五はさまざまな肩書で呼ばれている。漢詩人であり、書家であり、篆刻家であり、高麗陶磁の研究、とりわけ三嶋系統の再現に力を発揮した陶芸家であり、禅の教え、老荘思想に精通した思想人である。

小林本人は「私の職業は何々である」と定めたこともないらしく、肩書をまったく意に介せず、半生を歩んできた。それ故、人はその時々に小林の手から生み出されるものから、彼の肩書を推し測ろうとしてきた。あるいは、底知れない創造力、人物像としての輪郭があまりにとらえ難いため、いつの頃からか、「最後の文人」と呼ばれるようにもなった。

「文人」という、ある意味、歴史を背負った肩書は、現代の私たちの理解を超える。

小林の著書『蚯蚓の呟き』（里文出版）、『游艸』（産経新聞出版）の中の漢詩・随筆には、彼独自の「まなざし」、つまりは東西の歴史・思想についての観察眼、幅広い見識、鋭い視点、あるいは人間味ある慈しみのこもった目、があふれている。しかも、折々のテーマは難しくとも、ひたすら簡潔に明快に、今を生きる老若男女の胸にすっと届くような「文」であることに、ただ驚かされる。

「私にとっては、漢詩も書もやきものも同じです。やきものの姿を借りてはいるが、本当は手紙を書く紙のようなもの」

これは平成十七年（二〇〇五）、古稀を機に作陶を終えようとする小林が取材に答えた際の言葉である（『やきもの、人、花。』KADOKAWA）。小林にとっては、漢詩も書もやきものも、すべてが手紙と同じ、と説いている。「自らのまなざしを込めて、私は文（手紙）を書き続けているのだ」と。

今読み返すと、彼の明解な答えが既にそこに存在している。「最後の文人」と気楽に呼ぶ人々への、見事な切り返しである。「小林東五はただ、文（手紙）を書き続けている人間です。それを、現代の文人というのなら、勝手に呼んでくれ」というような、機知にも富んでいる。誰からどんな返事が来るのか、楽しんでいる風もある。

この軽妙で、かつ本質を突いた存在こそ、混迷の現代に揺るぎなく生きたいと願う人々への清風となり、一助となるのではないか。かくも面白き、稀有なる「文人」小林東五という人間がどのように育ったのか、改めてたどりたいと思う。

まずは、折々に語られる幼い頃の思い出から記すことにする。その詳細な記憶力は驚くばかりである。問わず語りの場は、張りつめた取材の席あり、心ほどけた酒席あり。加賀未了庵にて、あるいは韓国や岩国や鎌倉への旅の徒然あり。到底、通常の年譜の形式に納まりそうもない。清濁織り交ぜた、彩り豊かな半生の物語として、お読みいただければ、幸いである。

小林東五は昭和十年（一九三五）八月十五日、父小林貞次郎全鼎《ぜんてい》、母静子の長子として京都市に誕生した。父は終生、禅の道を求めた思想人であり、漢詩、書画、篆刻を極めた芸術家であった。号は雲道人《うんどうにん》。母は京都の商家の育ちであった。

幼少の頃は弱質で、幾度となく罹病した。本人いわく「ただ生きているだけの児であった」と。

新制中学校を卒業時、担任に「お前に卒業証書を与えるのは先生として不本意だが、規定に従っているだけで、本当は落第なのだ」と言われたという。当時の教室は成績によって席順が決めてあった。東五は「俺の後ろに二人まだいると思っていたが、授業でもこの二人はまったく相手にされていなかった。しかし、そのうちの一人はやがて成功して、井戸掘りの会社を興して大いに発展したそうだ」と、後にふり返ったことがある。

ある人から聞いた話だが、東五が育った山口の家「雲庵」の登り口に一軒の家があった。そこのお婆さんが孫に「小林の総領息子はえろう出来の悪い子だったが、今では結構活躍しているそうだ。お前はそれに較べれば、随分マシだから頑張れ」と励ましたとか。東五はこれを伝え聞いて「俺でも少しは世の役に立っているのか」と苦笑いしたらしい。

中学校卒業まで散々同級生に苛められ、よたよたになっていた東五は、父に「今までは義務教育で教師に任せざるを得なかったが、今後はこの俺がお前の根性を叩きなおし、鍛えてやるから覚悟をしろ」と厳告を受ける。

父雲道人は分厚い数冊の本を東五の前に積み、「この本を孔《あな》があくほど熟読しろ。一年経ったら読後感を聞くが、生ぬるいことをほざきやがったら、素首《そっくび》を引き抜くぞ」と言った。その書物とは、ドストエフスキー最大の長編小説『カラマーゾフの兄弟』であった。

新聞もろくに読めなかった東五だが、鉄饅頭に噛みつくように『カラマーゾフの兄弟』に立ち向かった。ゾシマ長老、イリューシャに深く感動を覚えて、すっかりドストエフスキーに酔ってしまった。父は「この『カラマーゾフの兄弟』は第二のバイブルである」と、東五に言ったという。

その後、更に父が厳命したのは清掃であった。毎朝、顔を洗うと、父の書室の掃除を始める。書籍や参考資料が一見雑然と陳《なら》んであるようだが、それらは確かな理由があって定位置がきちんと決まっていた。それが一分でもずれると、父の指摘とともに拳《こぶし》がとんでくるのである。いつのことだったか、「きちんとやりすぎて面白くない」と、雲道人が怒鳴っていたこともあったという。父子の、なんと人間味ある交わりではないか。

まる一年間、父は厳格に東五を鍛えた。

漢詩の作法については、一冊の書物『円機活法』を提示し、「道は人より授かるものではない。自身で見出すよりほかはない」と諭した。詩書画、篆刻についても、「見て会得しろ」と常に言っていた。

そんな一年が経過したある日のこと。父は「お前はこれから人生流浪の旅に出て、毛孔《けあな》で世の中を見てこい」と言った。

東五、十六歳の春のことであった。

送東五之碧南

苦楽回頭是幻生　但令意氣絶他程
別離今日春風路　添得青雲與白櫻

　東五の碧南《へきなん》にゆくを送る
苦楽　頭《こうべ》をめぐらせば　これ幻生
ただ意気をして　他程《たてい》を絶せしむべし
別離今日　春風の路
添え得たり　青雲と白桜と

旅立ちに当って、「俺が生きている間は、特定の職に就くことは許さぬぞ」と、雲道人は言って送り出した。その結果、東五は十指に余るほどの職種に首を突っ込んだが、まさに流浪の旅であった。この旅の間、「出会った人々の温かさ、雲情水思は限りないものがあった」と、後に述懐している。

父の言いつけを守り、流浪の旅を十五年ほど続けた頃であろうか。数々の忘れられない人々との出会いを経験するも、過酷な日々を送った結果、極端に体力が減耗。やむなく帰郷を余儀なくされた。

要するに「狂杜牧を学んだ酬《むく》いだ」と本人は思っていた。杜牧とは晩唐の詩人で、同族の先輩詩人である杜甫（大杜）と区別して「小杜」とも呼ばれた。若い頃、遊興にふけり退廃的な艶詩でよく知られた狂杜牧を、旅中の東五は身をもって学んだようである。

帰郷するも、骨と皮になっていた東五は、日ならずして赤痢に罹ってしまった。当時は医師が少なく、軍医見習いだった復員者が村の診療所にいただけで、抗生物質もまだ入手困難な時代であった。それでもどうにか薬が間に合ったのだが……。

父親は東五の枕元にやってきて、「お前はもう死ぬのだそうな。楽になるぞ」と羨ましげに言った。一方、東五は高熱にうなされながら思った。

「ゆくゆくは出家して乞食僧になり、行き斃《だお》れるのが分相応と考えていたが、今このように屋根の下で家族に見守られてなお、斯くの如く狼狽《うろたえ》ている我が身が、荒野のただ中であったら、どう跑《あが》くであろうか。

……俺は甘かった」と痛感したのだった。

やがて気を失ったが、奇蹟的に朝を迎えた。姉三佐子が作った馬鈴薯のスープを飲んだ後、庭先に出ることができた。時は初秋。百日草の花の真っ赤な色が強烈に目に飛び込んできた。

刹那、今までの煩悶の霧が一気に晴れわたった。東五は「赤痢菌が俺を救ってくれたのだ」と思った。


歳月は流れて。

昭和四十七年八月二十七日の朝、父雲道人自裁。

この日を機に、東五は「現在の自分は全くの丸腰であることに気が付いた」という。勤めるに学歴無く、百姓になるには田圃も無い。土方《どかた》になろうにも体力は無し、全く無い物尽くしの己を思い、ただ当惑するだけであった。


父が逝去して翌年、東五は決然として韓国に渡った。

初めは中国に行こうと考えたが、当時は国交が絶えており、非合法な手段でしか中国には入国できなかった。それなりに画策したのだが、やはり非合法では将来に禍根を残すと思い、行き先を韓国にしたのだった。

「この世に一番多くて安いものは、土である。俺には何も無いが、この安くて無限にある土を材料にして、よし、やきものを焼こう。

日本の陶磁器の父さんは中国、母さんは韓国である。母さんの国に行こう」と決めたという。父の影響もあって、今まで聊《いささ》か温めてきた中国陶磁・朝鮮陶磁の知識を活用することが目的であった。

昭和四十八年、一言も韓国語が話せない侭《まま》、東五は単身渡韓。全土の窯跡を訪ね、陶片を採掘し、李朝の元胎を探った。

慶尚北道・聞慶の山中に、当時韓国全土で唯一つ残っていた古窯である観音里に辿りつき、当窯に寓して古陶磁再現に没頭した。その過酷な修業の記憶は、前出『蚯蚓の呟き』『游艸』の数章に詳しい。

彼の国には、当時まだ李朝のなごりをとどめた儒者が隠れ栖んでいた。毓泉安朋彦、暁堂崔凡述などの遺賢を訪ねて、清斟談玄を重ねた頃は、東五にとってかけがえのない時間であったという。

渡韓して六年後の昭和五十四年。ようやく第一回展観を東京の日本橋三越本店の特選画廊において開催した。詩、書、篆刻、陶磁に及ぶ総合展であったが、この際の陶磁はすべて観音里に於いて燔造したものであった。その折に力を尽くして助翼してくれた金成玉陶匠は、大韓民国最初の陶磁器部門の重要無形文化財保持者として、今も後進の指導に当っているという。

その後、東五は長崎県対馬に韓国大田・鶏龍山陶と同質の陶土を発見した。現代では廃れてしまっていた對州窯を再興し、作陶に専念して日本各地で作品発表の展観を続けた。

やがて、古稀七十歳を契機として作陶を終止。東五いわく「作陶は半ば職人の技で、体力の限界がある。見切りを潔くつけて、余生を詩酒放情に費やすことが、私の本来の願望であったのだ」と。

爾後、十余年の歳月を閲《けみ》したが、その間、命にかかわる大病を三回患った。運強く、あるいは天恵に浴し、未了庵にて今もなお風晨月夕を恙《つつが》なく送っている。

文責・窪田小桃

著者近影

小林東五（こばやし　とうご）
一九三五年京都市生まれ。石川県加賀市在住の書家、詩人、思想人。未了庵主。一九七三年より高麗陶磁研究のため韓国に渡る。帰国後の一九八一年長崎県対馬市に對州窯を復興し、二〇〇五年まで作陶に終始。李朝、主に三嶋系統を再現した陶芸家として世に知られる。著書に『蚯蚓の呟き』（里文出版）、『游艸』（産経新聞出版）。

有《う》象《ぞう》無《む》象《ぞう》——未了庵より今を生きる人々へ
二〇二二年四月　八　日　第一刷発行
二〇二二年五月三〇日　第二刷発行
著　者　小林東五
発行者　神田　明
発行所　株式会社　春秋社
東京都千代田区外神田二―一八―六（〒一〇一―〇〇二一）
電話（〇三）三二五五―九六一一　振替〇〇一八〇―六―二四八六一
https://www.shunjusha.co.jp/
印刷所　萩原印刷株式会社
写　真　栗林成城
装　丁　本田　進
定価はカバー等に表示してあります。
2022©Togo Kobayashi ISBN978-4-393-43660-8